16	3	2	13
5	10	11	8
9	6	7	12
4	15	14	1

FABRÍCIO CORSALETTI

GOLPE DE AR

editora 34

EDITORA 34

Editora 34 Ltda.
Rua Hungria, 592 Jardim Europa CEP 01455-000
São Paulo - SP Brasil Tel/Fax (11) 3816-6777 www.editora34.com.br

Imagem da capa:
Buenos Aires, 2005, fotografia do autor

Capa, projeto gráfico e editoração eletrônica:
Bracher & Malta Produção Gráfica

Revisão:
Alberto Martins
Cide Piquet
Mell Brites
Sérgio Molina

1ª Edição - 2009

CIP - Brasil. Catalogação-na-Fonte
(Sindicato Nacional dos Editores de Livros, RJ, Brasil)

Corsaletti, Fabrício, 1978-
C386g Golpe de ar / Fabrício Corsaletti —
São Paulo: Ed. 34, 2009.
96 p.

ISBN 978-85-7326-425-8

1. Ficção brasileira. I. Título.

CDD - 869.3B

GOLPE DE AR

1

Eu já estava há quatro meses vivendo em Buenos Aires quando ela me abordou na escadaria da entrada do Museo de Bellas Artes, dizendo que me conhecia de uma festa na casa do Sérgio, seu nome era Lis, eu me lembrava? Não, de jeito nenhum, e então ela contou a história. Eu estava bêbado e entrei no banheiro sem bater na porta, que ela não tinha trancado porque não tinha encontrado a chave. Eu a surpreendi sentada na privada, e ela quase morreu de vergonha. Mais pro fim da festa, pra acabar com o seu constrangimento, eu teria dito: não liga não, foi uma bela imagem. Depois não nos vimos mais, e no dia em que ela decidiu passar as férias em Buenos Aires com as amigas e alguém lhe disse que eu estava morando lá, sugerindo que me procurasse, ela respondeu que mal me conhecia e preferia não incomodar. A verdade é que não tinha certeza se queria me ver outra vez na vida depois do incidente no banheiro. E agora a gente se encontrava no seu primeiro dia em Buenos Aires. Dei a ela o meu número de telefone e acrescentei que estava com pressa, se ela precisasse ou simplesmente quisesse, que engolisse aquela vergonha exagerada e me ligasse. Então caminhei pela Libertador no sentido de casa e algumas vezes me lembrei da Lis, mas quando entrei no apartamento e o telefone tocou e falei uns quinze minutos com um amigo do curso de espanhol, eu já nem lembrava que a menina existia, e só umas duas vezes durante o porre daquela noite num bar de San Telmo a sua boca vermelha e tagarela me veio à cabeça como uma intrusa, enquanto eu olhava os paralelepípedos brilhantes — mas eu a esquecia de novo e depressa e continuava a beber o vinho barato da noite portenha. Eu adorava a expressão "noite portenha" — e em Buenos Aires fazia o possível pra não me angustiar.

O apartamento em que eu morava tinha sido alugado da mãe de uma amiga de uma ex-namorada brasileira. Ela cobrava a metade do preço que poderia pedir sem passar por careira, e eu devia isso à generosidade de uma série de pessoas que são o pano de fundo desta história. A Daniela, por exemplo, a amiga da minha ex-namorada. Ela poderia ter sido gentil, mas não precisava se tornar minha amiga, mesmo porque eu bebia demais e seu único vício era comer chocolates. E no entanto em menos de um mês nossa amizade era sólida e leve como uma rocha em que alguém tivesse desenhado uma janela. Boa parte do que vi na Argentina foi ela que me apresentou. Uma vez fomos até Rosario na casa dos pais do Pablo, seu marido. Chegamos de tarde, o Pablo fez um *asado* com *vacío, matambre de cerdo* e *chinchulín*, e na manhã seguinte a Daniela me convidou pra dar uma volta de carro e conhecer a cidade. Eram umas onze da manhã, céu nublado, ela dirigia com as mãos muito próximas uma da outra, no alto do volante, pois fazia pouco tempo que tinha tirado a habilitação. Acho que conversávamos sobre o Brasil, não sei, mas lembro que eu estava distraído e triste e começava a me sentir chato de novo, quando a Daniela gritou "*mirá un caballito blanco*" e "*Fellini, Fellini*". Eu olhei e pude ver, do outro lado do canteiro central, um cavalo pequeno, branco e gordo, correndo desesperado e feliz na direção contrária à nossa, com uma fila de carros atrás, buzinando. A Daniela diminuiu a velocidade, e olhamos por algum tempo o cavalinho insólito — uma corda pendia do seu pescoço e se arrastava por mais de três metros depois do rabo. Em seguida ela acelerou pra retomar a velocidade ideal, e aí ficou claro que a minha vida estava melhor do que eu supunha e que a Daniela poderia sempre contar comigo. No resto do dia bebi em dois ou três bares de Rosario, um deles de frente pro rio Paraná. A Daniela me acompanhou o tempo todo, e às seis da tarde fomos tomar café no El Cairo.

Dois dias depois do encontro com a Lis, a Daniela me ligou pedindo pra eu acompanhá-la até o Malba, o museu de arte latino-americana. Eu disse que não aguentava mais ir a museus, que poucos dias antes tinha ido pela terceira vez ao Bellas Artes e encontrado uma menina brasileira que eu nem lembrava que existia — e lhe contei a história em detalhes. Ela riu, tossiu, falou que estava gripada demais e precisava de apoio. Vinte minutos depois ela passou pra me pegar. Entrei no seu Uninho vermelho, e logo estávamos diante do museu. Era quarta-feira, e às quartas-feiras no Malba a entrada é gratuita. A Daniela ainda brincou, enquanto empurrava a porta de vidro da entrada:

— Se a sua amiga é dessas que gostam de cinema e de museus, pode ser que ela esteja aqui hoje.

Estava, e pedia informações no balcão correspondente, cercada pelas amigas. Quando me viu, levantou as sobrancelhas e abriu um pouco a boca, numa encenação de espanto. Se aproximou, nos cumprimentou e então nos apresentou quatro meninas e um menino. Fomos tomar cerveja no café do museu. A Daniela foi entregar uma pasta a um amigo dela que trabalhava na livraria do Malba. Disse que não voltaria porque estava cansada, e me deu um beliscão no braço quando se despediu de mim. Fiquei ali, bancando o descompromissado e contando como era a minha vida em Buenos Aires.

— Mas você veio sozinho?

— Faz quatro meses?

— E nem tá trabalhando?

— Não pensou em fazer um curso?

— Faço um curso de espanhol — respondi.

— Mas só?

— E o resto do tempo?

O resto do tempo conversamos sobre os amigos em comum de São Paulo. Isso era tudo do que eu não queria falar, mas falei, fui quem mais falou, quem fez mais perguntas. Uma delas era amiga de um amigo do meu melhor amigo. Outra fazia cinema e conhecia o Marcos. Duas eram bailarinas, impossível não saber quem era a Dri. Uma era produtora de bandas de rock e tinha trabalhado com o Caio. O menino era ator e achava o Clayton divertido. Estavam todos no primeiro ano da faculdade. Era a primeira vez que viajavam juntos depois do vestibular.

Saímos dali e caminhamos por ruas de Palermo que eu não conhecia. As meninas sumiam nas livrarias sem avisar e pelo menos uma vez entraram numa loja de roupas pra comprar gorros de lã. Depois, caminhando na direção da Recoleta, elas trocavam os gorros, e a menina de gorro vermelho de repente era a menina de gorro azul, e a de gorro amarelo virava a menina de gorro cor-de-rosa. Eu só tinha decorado o nome da Lis e do menino, Zeca. Já perto do restaurante natural onde elas me fizeram comer naquela noite, vimos que a Sandra (a de gorro verde) e a Marta (a de gorro preto) tinham ficado pra trás.

— Tudo bem? — perguntei pra Lis. O meu estoque de perguntas estava quase no fim.

— Claaaro... — a Lis respondeu. — Elas sabem o endereço do hotel.

O hotel era um albergue pra estudantes e ficava na Libertad, a três quadras de casa. Uma enorme coincidência.

Nos despedimos prometendo que nos veríamos de novo. Eu disse que amanhã não poderia, mas quem sabe na sexta. Era mentira, eu não tinha nada pra fazer nem no dia seguinte nem em dia nenhum. Eu tinha ido pra Buenos Aires justamente pra não fazer nada. Estava cansado de fazer alguma coisa o tempo todo e tinha escolhido aquela cidade pra passar meses inteiros andando de um lado pro outro sem fazer coisa nenhuma. Eu tinha ido pra Buenos Aires pra não ser obrigado a ser feliz todos os dias. Lá eu poderia ser feliz duas ou três vezes por semana, ser muitíssimo feliz uma ou duas vezes por semana e passar o resto do tempo fazendo coisas inúteis, como reclamar da dor que tinha voltado no meu ombro esquerdo ou falar espanhol capenga com os frequentadores do Barra de los Amigos, um bar quase na esquina da Libertador com a Callao. Em São Paulo eu tinha duas vidas inconciliáveis: uma de funcionário pontual, outra de bêbado exemplar. Eu trabalhava de dia pra ser feliz à noite, e isso estava me deixando exausto. Agora eu só queria ficar na minha e não me concentrar demais — e quando me concentrasse que fosse pra valer, que fosse por uma coisa excepcional mesmo. E no Brasil ninguém mais achava nada excepcional. A gente se acostumava com tudo, e o fato é que o pessoal sentava nos bares e fazia pose e ninguém mais tinha histórias pra contar. Se você ia com uma menina pra casa era como se levasse o bar inteiro junto com você, e eu trepava imaginando o caminho do bar até a cama, como se não tivesse porta nenhuma entre o quarto e a mesa onde os meus amigos continuavam a pedir porções de carne-seca com abóbora. Mas pode ser que eu esteja exagerando, tenho a mania. Em todo caso, eu estava em Buenos Aires, e quando digo que estava feliz, não era exatamente isso o que gostaria de dizer.

2

Na mesma noite da comida natural, a Lis me telefonou perguntando se elas podiam ir até a minha casa tomar banho, porque a água quente do albergue tinha acabado. Desliguei o telefone, fui até o Liber — o café na esquina da Libertad com a Libertador — e comprei quatro garrafas de Norton Clásico, decidido a embebedar as meninas e ficarmos íntimos de uma vez. Também comprei pão e presunto e arrumei a cama, o chão do banheiro limpei com um pedaço de papel higiênico. Lavei uns copos e escancarei a janela pra trocar o ar. Escovei os dentes e abri uma garrafa. Antes de atender o interfone, virei o copo de vinho tinto, que já estava pela metade:

— Oi.

E a resposta foi um coro de seis vozes afinadíssimas cantando o samba:

> *Na hora da sede você pensa em mim, lá lá iá*
> *Pois eu sou o seu copo d'água...*

Corri até o elevador, mas não aguentei esperar. Desci pela escada, pulando os degraus de dois em dois, e quando cheguei no saguão do prédio e ergui os olhos até a porta de vidro da entrada, fiquei desconcertado com o que vi: na calçada, formando um rígido semicírculo, as meninas — o Zeca entre elas — trocavam olhares cúmplices, as mãos coladas nas coxas, como que em posição de sentido. Sem saber o que aquilo significava, eu não tinha nenhuma opção além de ir devagar até elas e esperar que elas mesmas me dessem uma resposta. Abri a porta, e a explicação foi a volta do coro, agora em versão buarquiana:

Pensou que eu não vinha mais, pensou
Cansou de esperar por mim
Acenda o refletor
Apure o tamborim...

Foi quando percebi que estava perdido.

Mas não importava. Eu não tinha nenhum motivo pra me defender.

Subimos em sete num elevador pra quatro; espremido entre as meninas, eu olhava pra cada uma delas durante o mesmo intervalo de tempo, e se por acaso enroscava o olhar nas sobrancelhas da Marta, rápido procurava o pescoço da Sílvia ou os olhos da Mel. Não estava disposto a escolher nem muito menos a errar o alvo. Atento e novamente tranquilo, eu estava à espera de tudo o que tinha ficado em aberto desde o encontro com a Lis na escadaria do museu — ou na festa do Sérgio um ano antes —, ou desde o seu telefonema naquela noite: a gente pode ir aí tomar banho?

Elas entraram em casa fazendo estardalhaço. Jogaram os sapatos pro alto, puxaram um colchão de debaixo do sofá e se esparramaram pela sala. Fizeram sorteios pra definir a ordem de uso do chuveiro e depois me pediram alguma coisa pra beber. Servi o vinho e preparei uma rodada de sanduíches de presunto — em alguns coloquei geleia de pêssego. Elas comiam e bebiam, cantavam e queriam saber de

Buenos Aires. *Boliche* é um bar, um boteco ou uma boate? *Salir de joda* é cair na balada? A gente quer muuuiiito conhecer um *boliche*! Hoje eu pre-ci-so *salir de joda*! Por que você não põe um som pra gente dançar, hein?

Porque eu não tinha aparelho de som. Durante um tempo pensei em comprar um, mas depois me acostumei a ficar sem música, o que era conveniente pra minha situação financeira mais ou menos precária. Elas disseram que não tinha problema e cantaram um samba pra me consolar, enquanto matavam mais uma garrafa de Norton. Bêbadas, iam pra lá e pra cá pelo apartamento, e eu fiz questão de deixar bem claro que elas podiam mexer em tudo, fuçar nos livros e na geladeira, na estante da sala e no armário do banheiro. Horas depois, a Sílvia foi até o quarto e voltou carregando a meia dúzia de livros que eu deixava do lado da cama, no criado-mudo. Ao mesmo tempo que ela distribuía um romance pra cada uma das meninas — o Zeca ficou sem —, lamentava não ter encontrado os *meus* livros. A Lis sabia que eu tinha dois livros de poesia publicados e devia ter contado isso pras meninas. Expliquei que tinha trazido só um livro do Brasil, o de crônicas do Rubem Braga; os outros eram livros emprestados pela Daniela, todos em castelhano. Não tinha nenhum dos meus livros ali comigo. Surpresa, a Sílvia perguntou se eu não tinha vontade de fazer contato com escritores argentinos. Eu disse que não. A Marta concluiu que eu era estranho, e a Mel quis saber o que afinal eu tinha ido fazer em Buenos Aires, até que a Lis sugeriu que a gente brincasse de jogo da velha, paciência ou forca. Elas escolheram a forca, e eu desci pro Liber pra comprar mais duas garrafas de vinho.

No caminho do café tentei pensar em alguma coisa que não tivesse a ver com as meninas, mas foi inútil. Eu precisava entender de onde elas tinham saído. Elas falavam sobre moda, teatro, dança, literatura, cinema, música popular — disso pareciam conhecer bastante —, política e bares descolados. Tinham sido criadas à base de muito Danoninho e muita *Folha de S. Paulo* — a ONU era como a casa distante de uma tia legal. Todas tinham algum artista ou intelectual na família ou eram amigas de alguém mais ou menos famoso. Algumas delas já tinham feito vários anos de análise, e quando lhes revelei que a minha analista em São Paulo era freudiana senti que de certa forma me esnobaram. Elas estavam de férias em Buenos Aires e queriam apenas se divertir.

De volta ao apartamento, abri as garrafas e aprontei novos sanduíches, que entreguei pras meninas antes de me sentar no chão entre a Marta e a Lis. Tirei os tênis, por sugestão da Lis, mas mantive as meias, brancas e sujas. As outras meninas estavam descalças — o Zeca pegou meu chinelo —, mas a Lis usava meias coloridas, e a Marta, meias azuis. Elas estavam discutindo Godard.

— *Acossado* é o melhor!

— Prefiro *O desprezo*!

— Eu achei uma bosta o *Elogio ao amor*!

Eu concordava com elas e bebia, e era continuamente surpreendido pelo cheiro úmido dos cabelos recém-saídos do banho. Elas vinham do quarto, onde entravam pra se vestir, e elogiavam a água quente do chuveiro. Até que se davam conta de que o banho tinha levado embora a embriaguez e vasculhavam a sala em busca de um copo vazio e uma garrafa cheia. As garrafas estavam sempre comigo; então eu enchia novamente os copos, e elas ficavam bêbadas de novo. Teve um momento que o Zeca falou que não suportava mais o tique-taque do despertador, e eu, antes de me censurar, joguei o relógio no chão e pisei com força em cima dele; os ponteiros voaram cada um pra um canto da sala, pra delírio do Zeca e sei lá o quê das meninas, que me olhavam sem dizer nada.

Mas a Sílvia não estava bem. Vomitou na privada e na pia do banheiro; a Marta lhe deu um segundo banho e limpou o que precisava ser limpado. Demoraram um bom tempo trancadas no banheiro. Quando voltaram, o Zeca tinha ido embora com a Mel e a Sandra. Sugeri que a Marta dormisse com a Sílvia no quarto, eu dormiria na sala, sem problemas. Mas ela pediu pra Lis, que me conhecia melhor, ficar no seu lugar. Tirei lençóis limpos do armário, fiz a cama com a ajuda da Lis, levei dois copos d'água pro quarto, fechei a porta e dormi na sala, na bagunça adolescente da sala — que tinha adquirido uma cara inteiramente nova depois da chegada daquelas meninas inacreditáveis.

3

Eu disse a elas que estaria na esquina da Suipacha com a Arenales, no meu café preferido, o café Abril. É um café pouco conhecido, e meus amigos portenhos mal sabiam do que eu estava falando quando enfiava o café Abril no meio da conversa. Eu ia lá pelo menos duas vezes por semana e não havia lugar em Buenos Aires em que me sentisse melhor. Um toldo bege acompanha a fachada, que se estende pelas duas ruas perpendiculares, e uma maçaneta verde-escuro faz você pensar que o café inteiro foi projetado a partir dela. Você senta pra ler o jornal e come *medialunas*. Você está sozinho porque não sente necessidade de dividir esse momento com ninguém. Você pensa em todo mundo que faz parte da sua vida e nos que deixaram de fazer, e entende que ainda falta encontrar tantas pessoas e que você também vai se afastar por conta própria de muitas delas, porque é assim que as coisas são e não há nada de mau nisso, pelo contrário, você está contente de ter descoberto as regras do jogo e não se sente especial. Também acha excelente que os muitos homens e mulheres que passam do lado de fora do café não parem pra perguntar até quando você ficará na cidade. Então você é tomado por uma grande ternura pelas calçadas de Buenos Aires, por todas as calçadas de Buenos

Aires — e paga a conta e caminha com força uns cinco quilômetros até cansar.

Eu pensava nesse tipo de coisa quando fui surpreendido pelo coro das meninas. Antes, a Lis bateu duas vezes com o nó dos dedos na vidraça do café — e sorriu quando me virei na sua direção. Não vou dizer qual era a música dessa vez. Só sei que fugi de dentro do café Abril o mais rápido que pude, elas riam com as boquinhas ao sol, e eu ria de volta pra elas. A calçada da Suipacha é estreita e a gente era obrigado a andar em fila indiana. Eu ia na frente e sugeri a Plaza San Martín, vocês já foram na Florida? Mas elas queriam conhecer a Corrientes e comer empanadas. Não gosto muito de empanadas, mas não era o momento de se levar a sério. Se elas gostavam, então comeríamos as melhores do mundo, as empanadas do norte, com carne cortada *a cuchillo*! Ótimo, maravilha, é isso aí! Vamos atravessar a Nueve de Julio, que avenida enorme!

Do outro lado da avenida, elas já tinham mudado de opinião. Eram quatro da tarde e estava na hora de "começar os trabalhos", o que significava beber no primeiro bar que aparecesse pela frente e assim dar início ao porre do dia, que se estenderia noite adentro. Danem-se as empanadas! Foda-se a Corrientes! Não me fale nessa mulher!, a Sílvia gritava com os bracinhos pra cima a frase que eu tinha dito na noite anterior.

Pegamos dois táxis em direção à Plaza Cortázar e paramos em frente ao República del Chopp, um bar onde até as sete da noite, se consumir alguma coisa, você pode usar os computadores que tem lá. Mas era sábado, dia da feira de artesanato, e o República del Chopp estava cheio. Rodamos pela praça à procura de outro bar e finalmente, depois de tentativas frustradas no Taller e no Malasartes, conseguimos uma mesa no Crónico, onde a cerveja é servida em jarras de plástico transparente. Bebemos muitos litros comendo amendoim. Mais tarde pedimos pizza, e alguém falou que estava gorda. O Zeca fazia imitações de pessoas que eu não conhecia, depois ficava sério e dizia que precisava urgentemente beijar um cara na boca.

— Você é gay?

— Bi.

Mas as meninas explicaram que ele era louco pela Bia, que chegaria na semana que vem.

— Ai, eu quero morar em Buenos Aires! — revelação, descoberta.

— Eu também! — abraços.

— Vou procurar um emprego e transferir minha matrícula! — uma mulher decidida faria isso no meu lugar.

— Isso! — inveja, admiração.

— É, vamos morar em Buenos Aires! — palmas.

— Vocês não têm coragem... — ar blasé, expectativa.

— Nãããooo, sério! Eu *vou* morar aqui! — medo, um juramento.

— Você continuaria sendo nosso amigo? — mão na cintura e pescoço de lado.

— Você ajudaria a gente? — medo, abraços.

— Você gosta da gente? — não adianta fingir.

— Vamos pedir mais cerveja? — mão no cabelo despenteado.

— E uma garrafa de vinho? — hora de enlouquecer.

— Pra mim um bloody mary! — afinal já temos dezenove anos!

Eram dez da noite e elas queriam ir pra um *boliche* imediatamente. Seguimos pela Borges no sentido da Plaza Italia. Destino: Mundo Bizarro, esquina da Borges com a Guatemala. O Gerardo, quando me viu, veio cumprimentar as meninas. A María também quis conhecê-las. A Juliana continuou a lavar copos atrás do balcão. Ela tinha cortado o cabelo e estava com a mesma camiseta sem manga da semana passada. Naquela noite o Mundo Bizarro estava cheio também, e tivemos que beber em pé, no meio do corredor e entre os turistas europeus. As meninas elegeram os espanhóis os caras mais lindos do bar; o Zeca discordou, elogiando um italiano. Lá pelas duas da manhã a Marta e o Zeca se atracaram sem que ninguém se desse conta de como tinha sido aquilo. E a Mel e eu nos beijamos também, no Mundo Bizarro e depois no elevador de casa, mas quando entramos no apartamento ela foi pro quarto e eu deitei no sofá da sala, que a essa altura eram os únicos dois metros que eu ainda podia chamar de meus. Porque esqueci de dizer, mas no quinto dia das meninas em Buenos Aires eu as convidei pra ficar no apartamento comigo. A Marta e a Sílvia acharam melhor continuar no albergue. A Mel, a Sílvia, a Lis e o Zeca chegaram em casa algumas horas depois do convite, e entupiram os cômodos com todas aquelas mochilas de nylon e meias coloridas e os infinitos sapatos que elas deixavam pelo meio da sala e um buquê de flores do campo que elas acomodaram numa garrafa de Quilmes e os cadernos azuis onde elas anotavam os Fatos Importantes da Viagem e em seguida liam em voz alta o que tinham acabado de escrever. Todos os dias eu acordava com um samba diferente que alguma delas cantava do começo ao fim antes de fechar a porta do banheiro. Ou com o telefonema da mãe da Mel, que eu apelidei de Aurora, num plágio vergonhoso de um filme do Truffaut. Se anos atrás, quando eu era apenas um moleque sonhador, alguém tivesse me perguntado qual era o meu maior desejo, acho que eu não teria chutado tão alto. Mas de repente, sem que eu tivesse lutado por isso, algo muito próximo da felicidade parecia estar prestes a acontecer.

4

Falar de Buenos Aires — agora que estou de volta ao Brasil e deveria me preocupar em conseguir um trabalho e não perder tempo escrevendo sobre o que aconteceu há pouco mais de dois meses —, falar de Buenos Aires nessas condições não me parece estúpido e muito menos covarde. Tudo o que eu quero é fixar duas ou três dessas horas em que *você* cede lugar a algo que está *fora de você* e é a própria viagem, a própria história, com nomes como Libertador e Mundo Bizarro, café Abril e E. Schiaffino, e Sandra e Marta, Sílvia e Zeca, Bia e Mel e sobretudo Lis, aquele mês inteiro e aquele dia — eu seria um idiota se tentasse esquecer.

Pra Sandra são as fotos atrás da garrafa verde, esvaziada de vinho. Ela puxava um cigarro do maço com uma alegria reticente, que não era pra mim. Disparei minha câmera antiquada uma dúzia de vezes, mandei revelar o filme e entreguei a ela o álbum de fotos. Pra Marta — que tinha sobrancelhas perfeitas, e esse era o motivo por que você sentia, primeiro, o desejo de resolver todos os velhos problemas, pra só depois acordar despenteado ao lado dela, o sol já alto e as folhas dos plátanos contra o céu azul —, pra Marta dei de presente, no dia em que ela e a Sandra foram embora, um guarda-chuva lilás com borda vermelha e cabo de madeira escura. Era um presente esquisito, mas era tudo o que eu tinha em casa quando ela passou por lá a última vez.

De despedida, elas queriam uma noite de *milonga*. Fomos ao La Viruta, em Palermo. Na nossa mesa sentou um bailarino com a boca machucada. O cara tinha apanhado de uns seguranças no dia anterior. Ele explicou em espanhol do Chile o que tinha acontecido, mas eu já estava bêbado demais e desinteressado, e quando o tango parava começava o rock, e as meninas iam pro meio da pista dançar com os velhinhos de terno e gravata. Eu ficava olhando, tomando vinho e fumando, às vezes entrava na pista e dançava também. Até que achei melhor sair dali. Eu estava triste e desagradável. Deixei um dinheiro com o Zeca pra ajudar a pagar a conta e pedi que ele não contasse às meninas que eu estava indo pro Mundo Bizarro.

Fui a pé, lembro do frio, lembro de ter parado num *kiosko* pra comprar cigarro e chiclete. Já sentado no balcão, perto do barril de chope, tomei um mojito que o Gerardo me preparou. Ele perguntou pelas meninas, estava interessado na Mel. Contei um pouco do La Viruta, enquanto tentava cumprimentar a Juliana. Mas ela abaixava os olhos antes que eu levantasse a mão. A mão vinha até a boca, havia um cigarro, muitos, eu fumava, bebia o rum e de vez em quando comia uma das folhas de hortelã. Ia ao banheiro com a mesma roupa suja do dia anterior, e talvez isso fosse tudo o que me diferenciava dos outros turistas do bar, sempre limpos e simpáticos. Talvez não fôssemos tão diferentes quanto eu pensava, e a nossa única diferença talvez não fosse uma vantagem pra mim. Desejei ter tomado uma ducha antes de sair de casa aquela noite.

Estava quase decidido a ir embora quando o Gerardo me convidou pra tomar uma saideira no Único, o único bar de Palermo que fica aberto até as seis. Aceitei o convite e esperei o Mundo Bizarro fechar. A María avisou que queria ir com a gente. Estava terminando de limpar o banheiro e já vinha. Sentei numa das mesas perto da porta de saída e bebi uns chopes com o Gerardo, que estava suado e com fome. O som já tinha sido desligado e por isso pudemos ouvir, minutos depois, a Lis e a Sílvia — que a gente começou a chamar de Coelhinha por conta dos muitos caras com que ela já tinha se divertido na viagem — chamando do lado de fora. O Gerardo abriu a porta pra elas entrarem, mas não podia servir mais chopes, o balcão estava limpo, e o caixa, fechado. Então avisamos a María que iríamos na frente; chegamos ao Único numa corrida de quatro pesos.

Às cinco da manhã, no Único, os garçons param de trabalhar. Ficam todos encostados no balcão, bebendo. Pra conseguir uma bebida depois desse horário você tem que ir até o balcão e pagar na hora pra um dos garçons ou diretamente pro dono do bar, todos completamente bêbados. Arrumar uma mesa em pleno sábado também é uma tarefa complicada. Achamos uma no fundo do bar, pequena, redonda, com três cadeiras. Foi preciso que eu dividisse uma delas com a Lis.

— Gerardo, que que cê acha das brasileiras?

— Não tinha visto ainda esse seu piercing.

— Eu era bem mais deprimido.

— Por que cê foi embora da *milonga*?

— O Alejandro tem namorada?

A María chegou acompanhada da Clara, que eu tinha conhecido um tempo atrás, quando ela ainda trabalhava no Mundo Bizarro. Ela era louca pelo Brasil, tinha morado em Salvador e falava bem português. Agora estudava literatura italiana e traduzia os poemas do Pasolini pro espanhol. A María sentou com a Coelhinha; dei o meu lugar pra Clara e fui procurar uma cadeira. Quando voltei, pensei em oferecer a cadeira pra alguma das meninas, mas não tive chance. A Coelhinha e a María davam grandes gargalhadas com o Gerardo. Achei melhor não interromper. A Lis e a Clara também pareciam ter muito o que conversar. Acomodei minha cadeira ao lado delas, peguei meu copo de cerveja em cima da mesa, sentei, estiquei as pernas, cruzei os braços, dei um gole e tentei me distrair. Eu vivia sozinho há um bom tempo e conhecia algumas maneiras de fazer isso. Uma delas era o que eu chamava de "dublagem silenciosa". Me concentrava na boca de uma pessoa que estivesse falando e me esforçava pra não ouvir as palavras que estavam sendo ditas. No meu terceiro mês em Buenos Aires era capaz de transformar qualquer cena de filme de ação numa tomada cômica do cinema mudo. Era um razoável remédio contra os chatos. Mas nessa noite eu estava entre amigos. Os chatos poderiam estar por perto, mas já era tarde pra começarem a incomodar. Me concentrei na boca da Lis, depois na da Clara. No começo não pude evitar ouvir palavras soltas: *pibe*, *muy hermosa*, *solución*. Mas eu não iria desistir tão fácil. Deixei meu copo sobre a mesa, acendi um cigarro e olhei novamente pras meninas, determinado a ignorar todo o áudio, fosse ele qual fosse. A boca da Lis se movia perto do ouvido da Clara, como um mímico diante de um cego; depois era a vez da boca da Clara se aproximar do ouvido da Lis. Quando uma das bocas estava se movendo, a outra se mexia pouco, mas nunca ficava completamente imóvel. Passado um tempo, as bocas e os ouvidos se afastaram, como se o mímico tivesse desistido do cego, ou como se o cego tivesse se cansado do mímico e agora tentasse atravessar a rua. Foi a vez dos narizes entrarem no jogo. As bocas se moviam e os narizes se observavam, feito dois surdos que se encontram no meio de uma passeata. Como que levados pela multidão, eles se aproximam quase até trombar. Os narizes da Lis e da Clara estavam praticamente grudados. As bocas continuavam a se mover, e só pararam quando a María avisou que o Único estava fechando e sugeriu que fôssemos pra casa do Gerardo. A gente levava as cervejas; ela tinha o baseado.

Saímos do bar já de manhã e paramos dois táxis. Entrei num deles com o Gerardo e a María. A Lis pediu pra Coelhinha ir com ela e com a Clara no outro carro. A Coelhinha queria ir com a gente, mas a Lis insistiu, e ela acabou cedendo. A María vestia um casaco de pele de algum animal em extinção e, talvez por conta da bebida, eu não conseguia parar de pensar no Greenpeace. O taxista e o Gerardo conversavam sobre tango, usando palavras que eu não conhecia. O Gerardo, a meu pedido, cantou "Mano a mano", e foi a versão mais bonita que ouvi dessa música até hoje. A voz do meu amigo saía de algum lugar desconhecido e ia direto pra alguma galáxia distante — estava apenas de passagem por Palermo. Eu tinha muita sorte de também estar ali. Quando a música acabou, foi como se ficasse uma cicatriz no ar. O Gerardo ainda cantou umas *milongas*, mas que só um argentino especialista em tango seria capaz de identificar.

Compramos cerveja e entramos no apartamento térreo que o pai do Gerardo tinha deixado pra ele de herança. O pai do Gerardo era porteiro e viveu nesse apartamento a vida toda, enquanto o filho conhecia Los Angeles, Madri, Barcelona, Recife e Rio de Janeiro. Nessa época o Gerardo usava cabelo curto e ainda não tinha nenhum dos piercings e tatuagens que adquiriu depois da morte do pai. Metade do chão da cozinha estava tomada por umas cinquenta garrafas vazias de cerveja, dessas grandes, de um litro. Os LPs de tango — ele tinha uma antiga vitrola e não ouvia CDs — ficavam espalhados pela sala. A María acendeu o baseado, mas era um fumo ruim. A Lis não largou a câmera digital nem um minuto, e a Coelhinha ficou fascinada com a María, e com o Gerardo, e com a Clara também, e com a Lis. Dessa noite não lembro muito mais que isso; a não ser da volta pra casa, eu sozinho no táxi, lá pelas dez da manhã. O céu nublado descansava as pálpebras, e o frio era perfeito pra fumar com a cabeça jogada pra trás e o corpo esparramado no banco. O taxista dizia alguma coisa como "é bom saber que alguém ainda se diverte", e você sentia que finalmente tinha se despedido, boa viagem, da Sandra e da Marta.

5

Fui jantar com a Daniela e o Pablo num restaurante na esquina da casa deles, Rincón com Alsina. Não convidei as meninas nem o Zeca. Queria ficar a sós com meus amigos portenhos. Pedimos *matambre de cerdo y ensalada mixta.* Água pra eles, pra mim também. Falamos sobre a Mirtha Asato, minha professora de espanhol, e do seu marido, o pintor Alberto Patuzzi. Eu tinha ido a uma exposição dele havia pouco tempo, e entre um cigarro e outro fumados na calçada — na exposição não era permitido fumar —, a Mirtha me sugeriu que outro dia eu percorresse a Arroyo, uma rua cheia de galerias de arte que na última sexta-feira de cada mês ficavam abertas até as dez da noite e serviam champanhe de graça. Nunca fui a uma sexta-feira dessas, nem visitei jamais as galerias, mas muitas vezes passei pela Arroyo e subi a Suipacha, sentido centro, virando na ex-embaixada de Israel. Nesses momentos eu sempre me lembrava da Mirtha, dos cigarros fumados na calçada aquela noite e da sugestão de conhecer a Calle Arroyo. Era o tipo da coisa que você sabe que não vai esquecer; não porque tenha sido uma noite especial nem nada, mas porque foi desses instantes em que você tem plena consciência do que está acontecendo, quem é você e quem é a doce criatura à sua frente, echarpe verde no pescoço pra se proteger do frio. O ar é mais espesso nessas horas, e você mal pode acreditar que teve a infância prejudicada pela bronquite. Acho que foi no meu vigésimo quinto dia em Buenos Aires. Eu já estava quase acostumado com a cidade, mas ainda com disposição pra ser surpreendido.

A Daniela contou da mostra de portunhol que estava organizando. Tinha inventado uma letra pra ser o símbolo da exposição. Um *N* acentuado por uma mistura de *H* com til — uma espécie de *H* sinuoso ou de til duplicado. Era a letra de união do português com o espanhol, fusão do *Ñ* com o *NH*. Tinha também recebido uma boa quantidade de trabalhos, alguns de artistas plásticos, outros de meros diletantes. Um deles era uma mesa de pebolim com um time só de Maradonas de um lado e de Pelés do outro. Depois falamos de literatura, e a Daniela me fez prometer que saindo dali eu passaria numa livraria qualquer da Corrientes pra comprar o *Espantapájaros* do Girondo.

Com o Pablo falei de futebol. Ele me informava do campeonato argentino, da situação lamentável do Rosario Central, e contava as piadas políticas que lia no *Barcelona* rolando de rir. O Pablo tinha trinta e cinco anos, quase dez a mais do que eu, mas mesmo assim eu me sentia um velho perto dele. Não sabia nada daqueles assuntos que ele comentava com naturalidade e que eu não conseguia compreender. Às vezes pedia que ele me explicasse, com calma, a história política da Argentina. Ele explicava, mas por mais que me concentrasse, quando a explicação acabava as duas únicas coisas que permaneciam na minha cabeça eram: a Argentina tinha tido uma ditadura militar mais violenta, embora mais curta, que a do Brasil e em 2001 o país foi à falência, por isso os preços eram baixos em relação aos de São Paulo. Mais tarde entendi que a minha ignorância foi o preço que tive que pagar pra viver da maneira como tinha imaginado. Tinha também alguma coisa a ver com olhar pra trás e enxergar grandes espaços em branco na adolescência, ou com se olhar no espelho e descobrir que não era nada daquilo.

De sobremesa comemos panqueca com doce de leite; depois fomos até a casa deles buscar o som que eles me emprestariam e tomar café.

Eles moravam num segundo andar de um edifício baixo da Rincón. Estive ali muitas vezes nos meus primeiros meses na cidade, principalmente no segundo, quando a calefação do meu prédio pifou e a Daniela disse que eu podia tomar banho na casa deles. Eu ia lá duas ou três vezes por semana. A Daniela preparava lentilhas ou raviólis, ou pedíamos carnes pelo telefone. Antes de comer eu tomava *mate* com o Pablo, ouvindo algum dos muitos CDs de música brasileira que eles tinham em casa. O Pablo ficava orgulhoso por eu gostar de *mate*, pelo jeito eu era o único paulista que tomava *mate* sem fazer cara feia, e quando a água quente acabava e ele me perguntava se eu queria mais e eu dizia que sim, o Pablo repetia a frase que eu mais gostava de escutar:

— *Che, ya sos un porteño!*

A Daniela chamava, deixávamos o *mate* sobre a mesa da sala e íamos pra cozinha. O Pablo elogiava a comida, fosse o que fosse, e era de fato sempre bom. Depois beijava a Daniela e perguntava como tinha sido o seu dia. Ela contava o que tinha feito e então lhe devolvia a mesma pergunta. Ele dizia alguma coisa engraçada sobre algum colega de trabalho e ria. Então me pediam desculpas por ainda não terem perguntado, mas queriam saber como andava a minha vida em Buenos Aires. Eu falava, falava demais, e me arrependia de falar tanto. Aí fazia perguntas, confundia as respostas, e só com algum esforço conseguia desenterrar uma história agradável. Quando acabávamos de comer o Pablo lavava a louça; a Daniela e eu íamos pra sala conversar. Ela conhecia muita gente no Brasil e fez questão de conhecer todos os meus amigos brasileiros que foram me visitar em Buenos Aires — o Frango e a Dani, o Jorge e a Grazi, o Chico e a Belle, o Antonio e a Maria, o Mauro e a Manu, a Beth, o Léo, o Paulo e a Michele. Um dia ela quis marcar um jantar com as meninas. Era uma ótima ideia, mas o jantar acabou não acontecendo. A verdade é que a Daniela e o Pablo não estavam nos meus planos de viagem, e quanto mais nos tornávamos amigos mais eu ficava culpado. Lamentava que não tivéssemos nos conhecido antes, ou muito depois. Ainda me sentia pouco à vontade com aqueles de quem eu gostaria de ser mais íntimo — e por isso achei melhor me afastar deles por um tempo. E pra garantir que não se tratava de uma ruptura definitiva ou ingratidão, abri meu caderno imaginário e inscrevi a Daniela e o Pablo na Lista das Pessoas Fundamentais, que crescia de modo insuspeitado e que tinha tido início pouco depois do Grande Não dos Vinte e Quatro Anos, quando tudo ruiu e eu pensei que a Coisa Toda tivesse acabado. Levei dois anos pra recuperar o entusiasmo e entender que a incoerência em relação ao que passou pode ser uma boa maneira de combater o mal-estar. Mas dois anos é bastante tempo, e os meus olhos tinham deixado de ser o caminho fácil por onde o mundo vinha fazer suas visitas.

6

A Bia chegou no mesmo dia em que a Lis fez as malas e foi pra uma pensão de Palermo passar o resto das férias com o pessoal da faculdade. Eles tinham ido a Buenos Aires pra estudar espanhol — esse era o "motivo oficial" da viagem da Lis. Ela tinha se inscrito no curso meses antes, e sua vaga na pensão tinha sido igualmente reservada com antecedência. Agora ela iria se mudar pra Palermo e rever fulana e Camilinha e não sei quem. Também estava feliz com a possibilidade de aprender espanhol. Entrava em casa falando "*mirá*", "*pará, boludo*" e "*che, estoy recontenta*", e contava como sua nova vida em Buenos Aires era diferente e melhor. Acontece que na quarta ou quinta aula a Lis brigou com a professora, ou com alguma outra pessoa, e não terminou o curso, e não tirou o certificado que ela teria adorado mostrar pra família. Mas o que importa é saber que a Lis foi pra Palermo numa noite de domingo e nessa mesma noite eu conheci a Bia.

As meninas já tinham falado dela. Era a ex-namorada do Zeca. O namoro durou quatro anos e fazia apenas dois meses que tinha acabado. Ainda não tinham se visto desde a separação. As meninas estavam apreensivas com o reencontro; o Zeca nem tanto. Ele iria embora em dois ou três dias; se alguma coisa desagradável acontecesse, não duraria muito. (Não aconteceu nada de extraordinário. Eles apenas se abraçaram e choraram juntos uma noite inteira. No dia seguinte se trataram com a maior elegância, como se fossem velhos amigos.)

A primeira coisa que me impressionou na Bia foi sua voz desafinada. Ela era mais nova que as outras meninas, tinha acabado de completar dezoito anos, mas sua voz tinha quinze, dezesseis no máximo. Seus pés, ao contrário, pareciam roubados de uma mulher mais velha. Eram grandes e ossudos, e muito bonitos. Foi neles que eu deixei boiando o olhar quando ela tirou os sapatos de veludo roxo e as meias amarelas, massageou com as duas mãos os dedos suados, enquanto explicava pra Mel e pra Coelhinha por que o avião tinha atrasado tanto.

— Nossa, que saco! — a Mel se solidarizou.

— Ah, mas agora cê vai esquecer tudo rapidinho! — a Coelhinha consolava a Bia.

— É, o que importa é que eu cheguei em Buenos Aires City! Não aguentava mais imaginar como era isso aqui! E que que a gente vai fazer hoje, hein? Dá tempo de eu tomar banho?

Ela tomou um banho demorado, enquanto nós quatro decidíamos o que fazer. O Zeca lembrou que a Lis iria com os amigos do curso ao La Cigale. Era uma opção. De minha parte, estava com azia e dor de cabeça e teria preferido não sair de casa aquela noite. Ler um pouco e dormir cedo, e uma vez na vida acordar sem ressaca. Mas a Bia tinha acabado de chegar. As meninas tinham lhe contado mil coisas sobre Buenos Aires, entre elas que eu bebia todas as noites, todas as noites e em grandes quantidades, e que elas também estavam bebendo como nunca. Pensei que não era o momento de decepcionar a Bia. Mais tarde eu passaria uma temporada sem beber, deixaria de fumar e emagreceria uns quilos. Agora eu só tinha que me divertir o mais que pudesse. Eu não tinha tempo a perder e já tinha perdido tempo demais. De tudo o que tinha vivido em Buenos Aires, ter conhecido aquelas meninas era sem dúvida *o acontecimento*, e eu estava feliz ao lado delas. Então tomei uma ducha rápida depois que a Bia saiu do banho, engoli um paracetamol e um antiácido, e descemos pra rua mais uma vez.

Na Libertador, a caminho do ponto de ônibus, o Zeca me contava da casa que seus pais estavam construindo na Vila Madalena, e as três meninas, vestidas de preto, iam na nossa frente. Estava escuro — porque nesse trecho da Libertador a calçada é coberta pelos próprios edifícios, que têm o andar térreo recuado, de modo que do primeiro ao décimo sétimo andar as janelas dos apartamentos estão na mesma linha do meio-fio, tornando inúteis os postes de iluminação —, estava escuro, eu dizia, e naquela escuridão o Zeca e eu, atrasados em relação ao trio de amigas eufóricas, ouvíamos apenas suas vozes confundidas, atropeladas — e três pares de faixas saíam do chão e se alternavam como fachos de luzes coloridas: um verde, um branco, outro vermelho. Eram as meias que elas tinham escolhido pra aquela noite, e por muito pouco eu não gritei "viva a Itália!".

Quando nos viu entrando no bar, a Lis correu pra abraçar a Bia. Ela também nos apresentou dois amigos do curso. Fui simpático com eles. Quando os caras resolveram voltar pra mesa de onde tinham saído, encostei no balcão prateado do La Cigale e pedi um uísque. Eu queria ficar bêbado o mais rápido possível. Chamei a Coelhinha pra perto de mim. Ela falava baixo, com aquele sotaque recifense-carioca que era uma delícia, e tinha o incisivo central esquerdo com a ponta lascada. Eu gostava especialmente desse detalhe. Ela era engraçada e contava histórias mirabolantes. Eu adoraria saber que ela estava mentindo, mas acreditava em tudo o que me dizia.

— Coelhinha, eu sou louco pelo seu nariz! — disse antes de colocar o copo vazio sobre o balcão e ir cumprimentar um amigo que não encontrava fazia meses.

Quando voltei, não encontrei mais a Coelhinha. Ela tinha conhecido um tal de Fernando e tinha ido embora com o cara. A Lis me convidou pra sentar com eles e disse em voz alta que não tinha mais vergonha de mim. Mas vergonha do quê? Da festa na casa do Sérgio, você entrando no banheiro... Agora eu não tenho mais vergonha de você. Agora eu gosto muuuiiito de você. Você gosta de mim? Cê tá com ciúme dos meus novos amigos?

Pedi outro uísque, e uma cerveja também. Contei histórias engraçadas, e cem mil vezes repetidas, mas que aqueles caras não conheciam. Nem as meninas. Metade das histórias falava de amigos de infância e do Carnaval de 94. Na outra metade apareciam os bares da Vila Madalena — a Mercearia e o recém-inaugurado bar do Toninho, o Lua Nova —, churrascos na Vila Mariana, o Bruno Cabeção, o Camilo, o Fabio Cesar — professor de literatura delas todas. Até que me lembrei do Dia Mastroianni.

— Que que é isso? — a Bia perguntou, e tudo o que falei depois foi olhando pra ela.

— É quando você sai com um pessoal pra beber, vai todo mundo entrando no mesmo clima, até que a coisa acontece...

— O quê? Uma suruba? — alguém perguntou rindo.

— Hmm, não exatamente. — A essa altura eu já tinha me arrependido de ter começado aquela conversa. — Mas acho que não dá pra explicar o que é. Você vive o troço e pronto.

— E por que chama Dia Mastroianni? — a Bia quis saber.

— Porque dizem que o Mastroianni era capaz de atravessar a Itália inteira de madrugada só pra comer num restaurante que ele gostasse. Se tava filmando, pegava o carro com algum amigo da equipe de filmagem e desaparecia. Na manhã seguinte voltava pra trabalhar.

— E vocês falam sobre isso no Dia Mastroianni? — ela perguntou.

— Não. A gente nem fala que é Dia Mastroianni. O primeiro cara que liga pro outro pode até dizer: vamos fazer um Dia Mastroianni. Mas depois ninguém toca mais no assunto.

Ficamos mais umas duas horas no La Cigale e, quando resolvemos ir embora, a Lis perguntou se podia ir com a gente. Claro que sim, a Mel respondeu; e a Lis se despediu dos seus novos amigos e entrou no táxi comigo e com a Bia. Nessa noite o Zeca beijou um cara, mas a Bia não percebeu.

7

Acordei com uma vontade louca de chupar laranjas. Eu estava numa dessas ressacas em que você sente o corpo todo anestesiado; a pele, um tecido contínuo, mergulhado no avesso de um lago. Nas mãos e nos pés umas cócegas despontam; você se retorce, deitado, e não encontra posição satisfatória. A mente vazia é um balão azul sobre uma cidade em chamas, e você está no balão e na cidade ao mesmo tempo. A boca está seca e precisa de água. Então você se lembra da água das laranjas.

— Eu quero uma laranja agoooraaa! — gritei dando uma gargalhada.

As meninas riram, elas já tinham acordado, e vieram pra sala rir junto comigo. A Lis, entrando no jogo, gritou pra mim:

— Você quer muuuuuiiitoo uma laranja? Hein? Você quer uma laranja aí mesmo na cama, seu folgado?!

— Eu quero, eu quero muito chupar uma laranja! A gente devia sempre acordar chupando laranja! Isso devia virar lei!

A Lis riu pras meninas, agora acomodadas nas cadeiras ao redor da mesa, e foi até a cozinha. Ouvi o barulho da porta da geladeira sendo aberta e fechada e o chiado da gaveta de compensado, que às vezes emperrava. Ela voltou pra sala com duas laranjas e duas facas, ficou com um item de cada na mão esquerda e entregou pra Mel o outro par. Apressadas, sem o cuidado que em geral as pessoas têm pra não ferir os gomos, a Lis e a Mel descascaram as laranjas quase arrancando a casca à força. O sumo escorria entre os dedos, sobre a toalha vermelha, os pedaços amarelo-ferrugem das cascas caíam no chão, mas elas não se importavam. Assim que terminaram o trabalho, como se fosse uma competição, correram até o sofá onde eu continuava enrolado no edredom e me deram as duas laranjas inteiras, sem cortá-las em cubos ou ao meio. Deitado, mordi uma delas, o suco rolou pelo pescoço, pelas orelhas e sobre o lençol. Devorei as duas laranjas furiosamente. Aí me levantei, beijei as Grandes Provedoras de Laranjas e abracei a Coelhinha e depois a Bia e também o Zeca, e então propus o Dia Internacional da Chupação de Laranjas. Tínhamos que comemorar. Coloquei um CD de "*clásicos del bolero*" no volume máximo, ao mesmo tempo em que a Bia correu pra cozinha e trouxe todas as laranjas que encontrou. Descascamos as laranjas dançando em grandes passadas dramáticas. A gente se trombava, formava casais, passava as laranjas mordidas de mão em mão. As meninas davam gritos e riam muito, elas riam muito todos os dias, mas nessa manhã bateram recorde.

— Viva o Dia Internacional da Chupação de Laranjas!

— É!

— Viva!

— Seu louco!

— É!

— Viva o Brasil!

— Viva Buenos Aires!

— Hoje vai ser um grande dia!

— Yes!
— *Por supuesto!*
— Vamos sair pra rua!
— Vamos começar os trabalhos!
— Vamos tomar banho!
— Não me fale nessa mulher!
— Tá sol? Alguém já foi lá fora?
— Claro que tá sol!
— Mas ninguém saiu de casa!
— Mas claro que tá sol!

Descemos pra rua num atropelo, alguém tropeçou, pegamos os táxis mais rápidos da cidade e logo estávamos na esquina da Plaza Dorrego, em San Telmo, nosso bairro preferido. Entramos no Bar Dorrego, sentamos fazendo barulho numa das mesas próximas à parede de vidro, de frente pra praça. O garçom, encostado no balcão, sorria por trás dos óculos sujos; a Bia foi até ele e puxou as duas pontas da sua gravata-borboleta e, fazendo charme, pediu duas jarras de sangria. Eram onze e meia da manhã, e nunca tinha sido tão imprescindível beber a primeira dose antes do meio-dia. As sangrias vieram em jarras de vidro transparente, e eu servi os copos fazendo questão de derramar um pouco de vinho tinto na mesa. Brindamos ao Dia Internacional da Chupação de Laranjas e viramos num gole a primeira rodada. Enchi novamente os copos e pedi uma porção de presunto cru. O Zeca fazia caretas, mostrava a evolução do seu domínio cênico, chamando a atenção dos dois ou três casais que estavam no bar àquela hora, sentados a uma distância segura. A Bia me perguntou por que a gente tinha ido a um bar tão escuro. Eu respondi que ela só iria entender isso mais tarde, quando o sol começasse a se pôr atrás da praça. A luz vermelha entraria pelas vidraças e depois iria embora. Escureceria, e as luzes amarelas do bar seriam acesas. O

Bar Dorrego seria então uma laranja noturna, e não restaria nada da banana podre em que ele se transforma às sete da manhã.

Pedimos mais sangria; a Coelhinha, da calçada, tirava fotos da nossa mesa alucinada. Inventamos — já eram três da tarde — classificações laranjais a nosso próprio respeito.

— A Mel tem as costas de laranja!

— A Lis tem os olhos e a voz de laranja!

— O Zeca tem os pelos e a forma de pensar muito próximos de uma laranja no supermercado, mas diferentes das laranjas na feira!

— A Coelhinha tem a bunda de laranja e o corpo de farinha de trigo!

— A Bia não tem nada de laranja! É igualzinha um limão!

Eu tinha as mãos e os ouvidos de laranja; o jeito de andar lembrava um rolo de papel higiênico.

Depois classificamos o garçom, o dono do bar, os casais, a Calle Defensa, Buenos Aires, São Paulo e o mundo.

— O planeta é uma laranja salgada!

— E o vácuo entre as estrelas?

— O vácuo prova a existência da Laranja Universal!

— No vácuo as laranjas são metafóricas!

— Em Plutão são metafísicas!

— Isso foi o que eu sempre quis entender!

— Vamos pedir mais comida?

— Vamos!

— Nunca tive tanta fome na vida!

— Nem eu!

— Que que a gente pede?

— Sanduíches de queijo!

— Dois pra cada?

— É, dois pra cada!

Os sanduíches vieram numa bandeja de alumínio. Comemos com estardalhaço, e duas delas ficaram com miolo de pão entre os dentes. A Lis ficou com o rosto cheio de farinha, e sua boca ficou ainda mais vermelha. Foi a primeira vez que olhei bem dentro dos seus olhos.

Às sete da noite, na Avenida de Mayo, constatando a Pré-História das Laranjas nos plátanos sem folhas, a Bia tinha a expressão inconfundível de uma mulher depois do parto. Tinha finalmente entendido que o Bar Dorrego era a Laranja Noturna de Buenos Aires. Quando voltássemos pro Brasil, ele continuaria existindo. Se nunca mais pudéssemos voltar pra Buenos Aires, ainda assim ele estaria lá. Outras pessoas tomariam sangria sobre as mesas pretas e veriam o sol se pôr atrás da praça vazia. Dava um alívio parecido ao de avistar, da estrada escura, as luzes de uma pequena cidade, sua cidade natal, depois de uma noite inteira de viagem, um pouco de fome e uma saudade de meses. Por isso éramos seis corpos frágeis na avenida mais bonita, mas cheios de segurança e próximos da felicidade. Ninguém sabia bem o que fazer. Decidimos procurar o eco da Grande Laranja em algum lugar desconhecido.

Entramos numa boate, nós que gostávamos pouco de boates. Dançamos e bebemos drinques cítricos. Era difícil conversar dentro daquele lugar, mas desconfio que nenhum de nós queria realmente dizer alguma coisa ou mesmo que tivesse qualquer coisa pra dizer. Parecia impossível formular frases inocentes como "nunca dormi direito na vida", "preciso comprar um caderno sem pauta", "adoro seus olhos de telefone antigo". Por isso dançávamos em círculo, e as meninas deixavam sem resposta os caras que se aproximavam delas. Eles desapareciam, e elas continuavam a dançar como se nada pudesse nos destruir. Éramos, juntos, a Laranja Incipiente. A consciência dessa verdade nos deu força, mas pensamos também na violência que teríamos que suportar dali em diante. Os Burocratas da Desilusão nos cobrariam um projeto lógico e uma resposta objetiva, e talvez não estivéssemos preparados pra tanto. Fomos embora numa irritação em tudo contrária à euforia da manhã. Descendo do táxi, pensei que talvez fosse melhor dormir sozinho e cogitei a hipótese de passar a noite num hotel. Bobagem. Manso como um menino bom, abri a porta do prédio e deixei o Zeca e as meninas entrarem na frente. Depois abri a porta do apartamento e fiz de novo o gesto do toureiro que deixa, por amor, o touro passar sob a capa vermelha — pra em seguida matá-lo por vocação.

8

Foi numa sexta-feira que a Coelhinha e o Zeca tiveram que voltar pro Brasil. Ela de ônibus, ele de avião. Lembro que na terça acompanhei a Coelhinha até a rodoviária pra ela comprar a passagem. Poltrona 18, 296 pesos, 36 horas até São Paulo. Memorizo números com facilidade e esses eu não tinha como esquecer. Também não esqueci a quantidade de guichês da rodoviária, 42, nem o número de quadras da rodoviária até o apartamento, 14 e meia. Era, enfim, um desses dias em que você passa o tempo todo fazendo análises idiotas, e quando mais tarde se dá conta do desvio que elas significam, entende que perdeu mais uma chance: tchau, Coelhinha; boa viagem; foi um prazer.

O Zeca se despediu de mim jurando que nos casaríamos assim que eu voltasse pro Brasil:

— Desencana dessas pentelhas, xarope!

Disse a ele que no Brasil era outra história, e a gente poderia conversar melhor a respeito, mas no momento estava feliz de saber que ele iria nos deixar em paz:

— Já tava mais que na hora — acrescentei.

Na primeira manhã sem a Sílvia e o Zeca, fiz faxina na cozinha e no banheiro, enquanto a Mel e a Bia dormiam. A Lis tinha passado a noite na pensão e nos encontraria na

Plaza Cortázar. Fui até o Liber e comprei *medialunas de manteca*, iogurte, suco de laranja, queijo e doce de leite. Botei a mesa, passei o café; saí do banheiro de banho tomado. Abri a janela e li o jornal: o papa João Paulo II tinha morrido, um grande artista brasileiro tinha saudade da loucura dos anos 60, o Boca tinha perdido pro Rosario Central. Liguei pro Pablo e lhe dei os parabéns. Mas acho que falei alto demais, e as meninas acordaram. Ainda tentei me desculpar. Em vão. Juntas, elas entraram no banheiro sem dizer uma palavra e trancaram a porta.

Quando a Bia sentou pra comer, achei seu rosto diferente. A testa estava mais lisa e a linha do maxilar mais definida, os olhos ainda mais pretos que de costume, e a boca imóvel e impossível como a das estátuas. Na hora me veio um pensamento absurdo: ela nunca mais vai conseguir comer e morrerá de fome. Mas então ela enfiou uma colher no pote de iogurte e a levou até a boca, o mindinho em pé como o nariz de um garoto que imita um soldado. A Mel, por sua vez — "como ela tá demorando!" —, apareceu na sala com o cabelo curto. Ela tinha o cabelo comprido, e agora saía do banheiro com o pescoço à mostra. Sentou sem dizer nada. Não fiz cara de espanto. Mesmo assim a Bia me explicou:

— Ela usou o cortador de unhas. Não ficou bom?

Ventava tanto na rua que voltamos pro apartamento pra nos agasalhar melhor. Botei meu casaco verde sobre o moletom vermelho. As meninas reencontraram os gorros de lã do começo da viagem; a Bia ficou com o azul, a Mel com o marrom. Elas também puseram seus casacos. Saímos de novo, decididos a ir a pé até Palermo. Andaríamos uns quatro quilômetros, talvez menos. O céu nublado tornava a cidade menor, e as calçadas planas dividiam em três o nosso silêncio. De vez em quando passava um carro, mas era num outro mundo que vibrava o som do motor. Buenos Aires é uma cidade cor de baunilha. Os olhos da Bia eram dois borrões escuros no meio da claridade.

Perto da Plaza Las Heras, elas entraram num *locutorio*. Queriam ver os e-mails, ligar pros pais e pras amigas. Fiquei do lado de fora. Acendi um cigarro e pedi a uma senhora informações que não precisava. Queria apenas falar um pouco de espanhol, fazia tempo que não fazia isso. Perguntei se o Caminito estava perto — sabia que estava do outro lado da cidade. Irritada, ela mal conseguia explicar o caminho e, enquanto desenhava com o indicador direito um mapa no ar, me olhava com o canto dos olhos. Queria ter certeza de que eu estava falando sério. Ouvi as dicas com uma vaga atenção e agradeci. Ela foi embora chacoalhando a cabeça. Minutos depois as meninas apareceram. Desistimos de continuar a pé. Pegamos um ônibus pra Plaza Italia e quando pisamos de novo na calçada elas resolveram conhecer o zoológico.

— Você gosta de bichos?

Eu gostava de cavalos. Tinha passado boa parte da infância e da adolescência pensando neles. Agora não pensava mais. Ainda gostava deles, mas de um jeito diferente. Em todo caso, não me sentia mais no direito de dizer simplesmente "gosto de cavalos". Eu tinha realmente gostado deles. O fato de estar na frente do zoológico não era o bastante pra me fazer tocar no assunto. Duas ou três coisas na minha vida eram intocáveis, essa poderia ser uma delas. Não sabia se era certo viver assim, mas era assim que eu vivia. Compramos os ingressos e entramos no zoológico em busca do tigre branco.

A Mel e a Bia ficaram fascinadas com todos os animais e não demorou até que quisessem um filhote de girafa pra andar com elas pela cidade. Depois resolveram jogar amendoim pros elefantes. Eu as seguia em silêncio. Era a primeira vez que não me divertia ao lado delas. De repente, ter entrado no zoológico parecia um retrocesso; era como se tivéssemos dado um enorme passo atrás. Que existisse um lugar em Buenos Aires cheio de animais selvagens e que algumas pessoas da capital argentina tomassem seu *desayuno* ouvindo o rugido dos leões antes de ir pro trabalho, mas eu e as meninas não tínhamos nada a ver com aquilo. Os animais não precisavam de nós pra nada, e as pessoas do bairro estavam se lixando pro que achávamos ou deixávamos de achar da vida delas. Éramos três turistas brasileiros fazendo finalmente o papel de idiotas. Lembrei do pessoal da praia de Ipanema batendo palmas pro sol no fim do dia. Eu ainda não tinha chegado a esse ponto. Mal-humorado, continuei a caminhar diante das jaulas, até que dei de cara com o hipopótamo.

Então ele ainda existia! Era inacreditável. Tentei lembrar as poucas vezes em que as nossas histórias se cruzaram: em outro zoológico, vinte anos antes; nos livros infantis; nas figurinhas de chiclete; em dois ou três filmes; nas aulas de biologia; numa sessão de análise em que permaneci em silêncio. Depois não tinha visto mais hipopótamos. E tantas espécies de animais tinham sido extintas nos últimos anos! Se alguém, numa mesa de bar, tivesse dito que o hipopótamo era uma delas, provavelmente eu nem comentaria a notícia; pensaria "mais uma", e talvez sentisse pena. Mas agora eu estava frente a frente com um hipopótamo real. A massa de carne estufada — desejando o absoluto. O hipopótamo entrou na água e começou a nadar. Não era um bicho da terra, mas da água. Só dentro da água ele fazia sentido.

Pensei que um chope cairia bem. A Bia lembrou do encontro com a Lis. Estávamos mais de duas horas atrasados.

Sozinha, terminando um chope de 600 ml numa mesa de fundo do Taller, a Lis nunca me pareceu tão bonita. Era uma Lis inteira e misteriosa. Dos seus cabelos quase secos se desprendia um perfume, e suas unhas tinham sido recém-pintadas. Eu acabei rindo um pouco de alegria, mas ela, irritada com o nosso atraso, pensou que eu ria de pirraça. Tentei pegar sua mão esquerda com as minhas mãos geladas, mas um duplo "sai fora" me obrigou a me conter. Ela usava um cachecol azul-marinho, e as palavras saíam da sua boca com hálito de cevada. Fala, Lis, fala... — ela queria esclarecer algumas coisas. Depois repetiu tudo o que tinha acabado de dizer, pra ter certeza que a gente sabia que a razão estava com ela. Só então falou de outros assuntos, problemas que tinham acontecido lá na pensão. Ela falava dando goles de chope no meio da frase, engolindo palavras que conhecíamos bem. Às vezes ria, mas logo ficava séria, como se *aquela seriedade* fosse dela, e a alegria fosse *nossa*. Aos poucos ela foi dosando a raiva, agora encenada, com a alegria que tinha voltado a sentir. Até que, aceita pela seriedade, a alegria ganhou terreno e voltou à tona numa gargalhada. A raiva que sobrou só foi suficiente pra um último charme: que ódio eu senti de você. Seus cabelos a essa altura estavam secos. E não molharam as minhas mãos.

A garçonete levou o copo vazio da Lis e trouxe uma rodada de chope. Nós quatro nos olhamos sem pressa, como se estivéssemos juntos pela primeira vez, mas ao mesmo tempo com mais intimidade. Como se a noite tivesse sido partida em quatro fatias iguais e cada um tivesse nas mãos um dos pedaços. Alguma coisa tinha mudado naquela viagem. Pedimos vinho do bom, gastamos todo o dinheiro que tínhamos nos bolsos, comemos pouco e olhamos a praça — as luzes do semáforo no chão de concreto. Elas falaram coisas sem importância, rimos de cansaço, ficamos bêbados, ninguém ficou eufórico. No ônibus pra Recoleta fomos em pé, agarrados na mesma barra de ferro próxima da porta dos fundos, encostando a cabeça um no ombro do outro. Em casa — a Lis não voltou pra pensão — as meninas disseram que essa noite eu poderia dormir no quarto com elas. Lembro que massageei os pés da Mel até ela dormir. Depois fui rastejando em busca do interruptor e apaguei a luz. Tateando o piso, reencontrei meu colchão, deitei, puxei a coberta sobre os pés e fechei os olhos — e um ódio violento me fez esquecer que eu estava num quarto de um apartamento de um sexto andar da Avenida del Libertador em Buenos Aires, Argentina. Vinte anos antes, esse país não passava de um broche de plástico azul e branco que vinha de brinde no pote de Nescau.

9

Dali a dois dias a Bia iria embora e por isso queria fazer compras na Corrientes. Fui com ela. Entramos em livrarias e fuçamos as bancas de jornal; depois entramos no El Gato Negro. Nos aproximamos de uma mesa no fundo do andar térreo. Ela colocou a mochila cheia de livros, pôsteres, postais e CDs no encosto da cadeira, sentou, prendeu o cabelo num rabo de cavalo e enxugou com a mão esquerda um fio de suor que descia pelo pescoço. Me sentei na frente dela. A Bia passou um guardanapo entre os dedos pra enxugar o suor:

— Quero chá de jasmim!

Atrás da minha amiga, numa prateleira de madeira escura, havia uma fileira de latas vermelhas, todas com o desenho de um gato no centro de um círculo oval e branco. Um gato negro — o logotipo do café. Tomei um chá também, não lembro do quê, e dividimos uma torta de limão. Era o doce predileto da Bia.

— Quando é que cê volta pra São Paulo? Cara, você precisa voltar pra Sampa City! Essa cidade é demais, mas eu não sei como você aguenta ficar tanto tempo fora de casa. Cara, cê sabe onde é a papelaria que a Mel falou que tem em Palermo? Ela disse que tem um caderninho lindo de capa de pin-up lá. Cê sabe onde fica? Você não precisa ir se não quiser.

Na papelaria da Honduras — onde os cadernos, agendas, envelopes e blocos de notas são feitos de papel reciclado —, duas mulheres conversavam. Tinham pouco mais de trinta anos. Uma era muito bonita; a outra era ruiva. A bonita falava, a ruiva escutava. Não pude deixar de ouvir parte da conversa, enquanto a Bia procurava o caderno de pin-up. Um marido egocêntrico e indiferente. Seis anos de dedicação integral e dois filhos, um ainda bebê. Brigas incontáveis sem causa e brigas pelos motivos de sempre. Uma amante dez anos mais nova do que ela. Ela não suportava mais aquilo, não era uma mulher do século passado. Mas quando falava em separação, ele chorava e dizia que faria qualquer coisa pra isso não acontecer. A mãe dela ajudava a cuidar dos meninos; ele não se mexia. Ela não dormia bem há muito tempo, e sabia que ele também estava sofrendo. Eu já tinha ouvido aquela conversa um milhão de vezes. Não procurei me lembrar onde nem quando. Mas um milhão de vezes... — quanto a isso eu não tinha dúvida. Parecia impossível fugir de coisas assim. Por mais longe que você fosse, haveria sempre um ex-diretor de novelas da Globo comandando a cena. Me perguntei se não era hora de vomitar.

Por sorte, a Bia não demorou pra encontrar o "caderninho sexy" que ela tanto queria — "demais, né?" —, e quando saímos da papelaria pediu que eu cantasse o "Carinhoso". Tinha um verso que ela achava esquisito, mas talvez ela estivesse entendendo errado. Subimos num táxi pra Puerto Madero, e ela me perguntou se lá não era fake. Mudei de assunto:

— Bia, começa a me amar agora.

— Como assim?

— É, começa a me amar agora.

— Tá bom. Vou te amar agora.

— Tá me amando?

— Não sei. Deixa eu pensar.

— Pensou?

— Pensei.

— E aí?

— Tô te amando um pouquinho.

— Cê tem que me amar bastante.

— Vou tentar.

O táxi passou em frente ao restaurante onde eu comia depois das aulas de espanhol.

— E então?

— Acho que sim.

— Eu também tô amando você.

— Que bom!

— É, muito bom!

E a gente se beijou dando risada. Depois paramos de rir.

Descemos do táxi. Famílias brasileiras tiravam fotos dos barquinhos atracados nos diques. Passamos em silêncio por elas e subimos na Puente de la Mujer. Havia famílias argentinas por lá também. A Bia correu pro meio da ponte, até a parte mais elevada; depois voltou sorrindo pra perto de mim. Nesse momento passava pela ponte um casal de brasileiros, sessenta, sessenta e cinco anos. A mulher levava uma câmera digital a tiracolo, o homem carregava uma sacola de compras. A Bia se aproximou e pediu que eles tirassem uma foto nossa.

— É que a gente esqueceu a nossa câmera em casa — explicou.

A mulher afastou uma perna da outra e flexionou os joelhos, nos enquadrou, inclinou a cabeça pra trás pra conferir o enquadramento e apertou o botão. Depois perguntou o e-mail da Bia. Nos mandaria a foto assim que chegasse no Brasil. A Bia tirou da bolsa uma caneta e o caderno recém-comprado, escreveu nome, e-mail, telefone, arrancou a folha e a entregou pra mulher. O homem conferia o conteúdo da sacola com impaciência. Quando achou o que procurava — a carteira —, guardou o objeto no bolso da calça, colocou a sacola no chão e cruzou os braços. Olhou pras duas, que trocavam dicas sobre a cidade, e chacoalhou a cabeça, inconformado. Depois olhou pra mim, talvez procurando um cúmplice. Desviei meus olhos dele. As mulheres ainda riram um pouco antes de se despedir. Quando o casal se foi, encostei o corpo da Bia no corrimão da ponte.

O sol esquentava o suéter que eu vestia, e um vento frio se infiltrava sob a lã. Nuvens apressadas se desfaziam no azul do céu. Tirei as mãos do corrimão gelado e as coloquei no seu pescoço; em seguida massageei os ombros magros. Um empurrãozinho e ela cairia nas águas do dique. A Bia tirou o elástico com que prendia o cabelo e esfregou a cabeça no meu peito; meus braços se acomodaram sobre as costas dela. Esfregamos nossos maxilares, trombamos nossos narizes, mordemos nossas nucas. Desde que ela tinha chegado eu não parava de pensar nos seus quadris. A parte dura da sua orelha estava mais fria que o lóbulo macio.

Olhei à nossa esquerda, pra lá dos galpões transformados em restaurantes, e vi a cidade. A Casa Rosada e o corredor de sombras da Avenida de Mayo, onde caminhei tantas vezes antes do escurecer. Quatro quadras abaixo, a multidão da Corrientes. Eu não queria estar lá. Avancei o olhar pra direita: Córdoba, Santa Fe e Las Heras — na mesma ordem do mapa do início da viagem. A diferença era que antes eu não conhecia os caminhos que rasgam essas avenidas eternas, as pequenas ruas que atravessam as vias principais. Tudo em breve seria menos que lembrança. Metade seria esquecimento, e da outra parte seria feito o futuro que eu agora desprezava com a mesma intensidade com que ele um dia me desprezaria. Além do mais, não dava pra guardar a cidade inteira na memória — não pelo tempo que eu precisava. Por isso eu tinha desistido de eleger qualquer um daqueles lugares. O que sobrasse era suficiente — e em todo caso não me interessava. A Bia puxou meu braço e me chamou.

— Não conta nada pra Mel. Ela não ia gostar de saber.

— Mas nós não estamos mais juntos.

— Sei lá...

— Eu já conversei com a Mel. A gente não tem mais nada.

— Mas não conta pra ela.

— Não passou pela minha cabeça contar nada pra ela.

— Vamos embora?

— Já?

— É.

— Tá bom.

— Cê vai sentir minha falta?

— Já tô sentindo sua falta.

— Mas vai sentir minha falta depois?

— Depois do quê?

— Depois que eu voltar pra São Paulo.

— Acho que sim.

— E a gente vai se ver de novo?

— Cê vai querer me ver de novo?

— Talvez. E você?

10

Na última tarde da Bia em Buenos Aires, tomamos café e comemos sanduíches de *miga* no Petit Paris; a Mel e a Lis estavam com a gente. Depois pagamos a conta, saímos do café e entramos na neblina que minutos antes admirávamos por trás das paredes de vidro. Atravessamos a praça San Martín com gosto de café na boca; acendemos cigarros e caminhamos satisfeitos e sem pressa. Do outro lado da praça, deitamos no gramado de onde se pode ver a Torre Monumental, que antes da Guerra das Malvinas se chamava Torre de los Ingleses. Aos nossos pés estava o monumento aos heróis da guerra; o relógio da torre marcava três e quinze. Às vezes era possível ver os pássaros escuros no céu cinzento, mas a maior parte do tempo víamos apenas o que estava bem próximo: um pé dentro de um sapato, um moletom azul, cabelos cujas pontas se perdiam na brancura da tarde. Deitada com a cabeça sobre a bolsa cor de vinho, a Lis cantou um samba do Cartola, mas ao contrário do que acontecia no começo da viagem, quando bastava uma delas puxar da memória o primeiro verso de uma música qualquer pra que as outras acompanhassem até o fim, dessa vez nem a Bia nem a Mel demonstraram a menor vontade de cantar. Simplesmente continuaram a conversa inútil. A Lis não pareceu se importar, nem se surpreender. Ela estava ausente, concentrada em não sei quê. Pela primeira vez, vi uma pinta fina e suave no seu queixo, vi também que as suas narinas se mexiam marcando o acento do verso e vi muitas outras coisas que só a mim interessam e que naquele momento me interessaram ainda mais. Vi, enfim, que eu nunca a vira antes — e de repente a Lis era uma estranha; mas uma estranha com quem a gente simpatiza, e sente vontade de chegar perto, de ficar próximo, e de ser íntimo também. Ela cantava dentro da neblina — uma voz, mais que afinada, decidida —, e o samba antigo soava novo aos meus ouvidos. Já era a terceira vez que a Lis cantava o samba, quando a neblina se dissolveu, as nuvens se dispersaram e um sol morno lambeu a grama e as nossas caras.

— Ai, que delícia! — a Lis gritou e, fechando os olhos, botou o queixo pra cima.

— Ah, que demais! — a Mel completou enquanto se levantava.

— Solzinho, onde é que cê tava? — a Bia esticou o pescoço pro céu e sorriu.

Me levantei, limpei a grama da calça, estiquei os braços, estralei as costas e os dedos das mãos. Agora a cidade estava cheia de luz. Me deu vontade de tomar cerveja. As meninas gostaram da ideia. Sugeri o Barra de los Amigos; fazia tempo que eu não ia lá e queria que elas conhecessem o lugar.

Caminhamos pela Libertador quase até a Callao. O Barra de los Amigos era o bar que eu frequentava quando cheguei em Buenos Aires. Era o mais barato do bairro, tinha uns sessenta anos e foi onde Horacio Ferrer e Astor Piazzolla compuseram "María de Buenos Aires", que até hoje não conheço, mas sei que foi feita lá. Lá estava a placa — "*Aquí Horacio Ferrer y...*" — que a Secretaria da Cultura concedeu ao Ramón, dono do bar e pai do Dani, meu amigo. No Barra eu encontrava o Diego, um ex-professor de Filosofia Medieval cujo bisavô tinha sido o responsável pelo projeto do Teatro Colón. Ele trabalhava como fotógrafo desde que tinha parado de dar aulas, o que coincidiu com o ano da sua separação. Ele nunca falou comigo sobre a ex-mulher ou sobre fotografia e muito menos sobre filosofia medieval. Nas mesas daquele bar, os temas eram as próprias bebidas consumidas noite adentro, os problemas mais imediatos de cada um, as mulheres do mundo e as cidades do Brasil. Todas as noites o Rio de Janeiro virava assunto entre a turma do Barra, que era formada basicamente pelo Diego, o Dani, o Fernando e o Miguel, um velho e vesgo uruguaio de olhos azuis com quem eu conversava sempre que os outros se perdiam em assuntos sérios demais. Todas as noites o Diego declarava sua paixão pelo Rio, onde tinha passado dois meses inesquecíveis, e concluía que eu só podia ser um "*pelotudo de mierda*" pra ter ido morar em Buenos Aires. Eu ria e desviava o rumo da conversa, mentia e me surpreendia com as mentiras que contava uma atrás da outra. Estava cansado de sustentar qualquer identidade — eu sentia uma necessidade quase física de traição.

Mas naquele dia nenhum dos meus amigos estava no bar quando entrei com as meninas, e me deu um alívio ver o bar vazio. Talvez eu não quisesse que eles se conhecessem. Sentamos perto da janela; dali podíamos ver o parque do outro lado da avenida. Pra além do parque, atravessando o rio, a gente não via mas imaginava Colônia do Sacramento. Eu tinha ido até lá uma vez, a Montevidéu também, mas não curti a viagem. Pensava em ficar uma semana, e acabei voltando no terceiro dia. Não lembro se aconteceu alguma coisa; sei que assim que pus os pés em solo argentino decidi não sair mais de Buenos Aires. Havia cidades demais no mundo e todas elas pareciam interessantes. Todas eram adoráveis, não apenas por suas qualidades específicas, mas também por suas características banais. Se fosse possível dedicar a cada uma delas uma vida inteira... — senti que nunca me arrependeria das minhas decisões. Mas eu só tinha uma vida pra viver, e o dinheiro que tinha também era pouco. Quanto mais eu rodasse por aí, menos tempo permaneceria viajando. Diante desse quadro, tive que escolher um lugar. Escolhi Buenos Aires.

As meninas disseram que estavam com fome. Pedi ao garçom uma porção de *matambre relleno*. Era um prato feito pelo próprio Ramón, o dono do bar, e eu comia aquilo pelo menos uma vez por semana, antes de ter conhecido as meninas. Elas provaram o *matambre*, acharam ruim, disfarçaram, disseram que era legal. Terminamos a garrafa de Quilmes que estava pela metade e voltamos à Libertador. Na esquina da Callao, onde um golpe de ar gelado nos surpreendeu enquanto esperávamos o semáforo abrir, entendi que tinha sido um erro levar as meninas ao Barra. Esse bar fazia parte de uma Buenos Aires anterior a elas, e se eu não queria estragar a memória que tinha dessa cidade já remota, nem ficar cego pra Buenos Aires atual, era melhor não misturar passado e presente. Um dia eu teria tempo pra me lembrar de tudo e então faria o balanço do que tinha valido a pena. Agora eu precisava me concentrar, e ver o que podia ser visto e fazer o que tinha que ser feito. Em outras palavras, o Barra de los Amigos não tinha nada a ver com as meninas, e o que não tinha a ver com as meninas não tinha mais nada a ver comigo.

Mas estou me estendendo inutilmente. No fim da tarde a Bia foi embora. A Mel e a Lis se despediram dela e foram pro quarto descansar. Eu a levei até a calçada, chamei um táxi e coloquei sua mochila no porta-malas. A gente se despediu sem pressa, ela entrou no carro — seu rosto emoldurado pela janela estava calmo e feliz —, e o táxi sumiu na confusão do tráfego. Tentei anotar a placa mentalmente, mas no caminho até o apartamento esqueci as letras — e os números sobraram inúteis na memória. Se acontecesse alguma coisa com a Bia, eu não teria como ajudar. Entrei em casa e me joguei no sofá pra descansar um pouco.

Acordei duas horas depois e liguei o som; as meninas resolveram que a gente iria pro Mundo Bizarro. Por sorte, conseguimos uma das mesas próximas do balcão, que são as melhores; quando o bar enchesse e as garçonetes começassem a se atrapalhar com os pedidos, eu pegaria o que quisesse direto no balcão. Tiramos nossos casacos e eu os ajeitei na quina do banco; as meninas sentaram na minha frente. Distribuí cigarros e os acendi. A María veio nos atender. Explicou que o Gerardo não estava no bar porque era o seu dia de folga, e a Juliana porque estava resfriada. Minutos depois trouxe o vinho que as meninas queriam, nos serviu e brindamos. E foi aí que elas me comunicaram sua decisão de morar em Buenos Aires. Adiariam a passagem, trancariam a matrícula na faculdade, ficariam em casa por mais um mês e depois que recebessem o primeiro salário — "não acha que a gente daria ótimas garçonetes?" — dividiriam um apê em San Telmo. Elas estavam falando sério — eu não acreditava?

A María atendia a mesa do lado; a Mel a puxou pra brindar com a gente. Ela pegou o copo da Mel e deu um gole. Disse que tinha que sair pra atender outras mesas, mas que se soubesse de algum bar que estivesse precisando de *chicas* deixaria um recado no telefone de casa. Agradecemos e pedimos três hambúrgueres pra comemorar. Enquanto a comida não chegava, elas me explicavam como seria a vida dali em diante. Eu nunca mais ia me sentir sozinho — todas as noites beberíamos juntos e aos domingos faríamos almoços na casa delas. Seríamos como uma família. E elas sairiam de uma vez por todas da casa dos pais. Elas não viam a hora de alugar o próprio apartamento.

A Mel levantou pra ir ao banheiro, e pela primeira vez em muitos dias fiquei sozinho com a Lis. Ela estava bêbada e queria me dizer alguma coisa. Eu também tinha uma coisa pra dizer, mas ela foi mais rápida e confessou que tinha ciúme da Juliana e não entendia como eu tinha me apaixonado por uma mulher tão sem graça. Eu não estava pensando na Juliana, respondi. Mas a Lis continuou a lamentar minha escolha. Eu gostaria que ela ficasse quieta. Ela só queria que eu também soubesse que a María era dez vezes mais interessante do que a Juliana. Desisti da conversa e esperei a volta da Mel.

Ela chegou acompanhada. Dois arquitetos espanhóis que ela nos apresentou enquanto me pedia que fosse mais pro canto, pra que um deles pudesse sentar no banco comigo. Espremi os casacos contra a parede pra me acomodar melhor. O mais simpático sentou entre a Mel e a Lis. As meninas pareciam interessadas. Os espanhóis pareciam espertos. As coincidências começaram a aparecer. Os dois eram de Barcelona e ficariam cinco meses na cidade, elas não ficariam menos de um ano. Eles queriam morar em San Telmo, elas também. Eles eram loucos pelo Brasil e tinham acabado de passar um mês em Salvador; elas conheciam todo o sul da Bahia e já tinham até pensado em morar lá, numa aldeia de pescadores. Eles estavam adorando Buenos Aires, elas achavam que não existia cidade mais linda no mundo. Eu estava começando a sobrar naquela mesa. Por isso quando o mais simpático me contou que seu primo argentino era poeta e pediu meu e-mail e telefone pra que ele me botasse em contato com o cara, escrevi num guardanapo um e-mail falso e o número do telefone do Asados Delivery, que eu sabia de cor, e dei pra Lis entregar pra ele. Ela leu o guardanapo e teve um ataque de riso, a Mel esticou a cabeça e leu também, mas não gostou da piada. Me levantei pra ir embora. A Mel pediu pra Lis ficar com ela. Paguei pra María minha parte da conta e saí do bar.

Estava no meio da rua esperando um táxi quando a Lis apareceu e veio na minha direção, rindo e me olhando, olhando pro chão e me olhando de novo e rindo mais. Eu a abracei e ri um tanto com ela. Parei um táxi, e antes de entrar no carro a gente se beijou. Depois nos beijamos durante o caminho e na sala de casa, mas tivemos que parar por aí. Porque em seguida a Mel chegou chorando, com raiva da Lis, dos espanhóis ou de mim. A Lis foi pro quarto consolar a amiga, eu quis ajudar mas elas trancaram a porta. Lembro que dormi apreensivo e me sentindo mal. Mas no dia seguinte elas disseram que eram mulheres modernas e que tinham conversado, aquilo não tinha nada a ver comigo e era problema delas, eu podia ficar tranquilo que estava tudo bem.

11

As meninas tentaram, mas não conseguiram emprego nenhum. Montaram os currículos num computador de *locutorio* e saíram por Palermo esperando que algum dono de bar se sensibilizasse pelo interesse louco que elas demonstravam em trabalhar, mas eles diziam que sem documentação regularizada não era possível, e a documentação demorava um mês pra sair. Elas ainda insistiram por dois ou três dias e depois que desistiram de Palermo rodaram os bares do centro e de San Telmo. Todas as tentativas foram inúteis e além do mais estavam consumindo os seus últimos dias em Buenos Aires. A vontade de não voltar pro Brasil estava roubando o tempo que elas ainda tinham pra gastar longe de casa, e isso não estava certo. Era melhor desistir da ideia e aproveitar as horas que restavam até o momento do embarque. O avião da Mel sairia na sexta à noite; no sábado à tarde seria a vez da Lis (que tinha medo de voar) pegar o ônibus da Pássaro Marrom.

Na quinta fomos jantar no Desnivel, um tradicional restaurante de *parrilla* na Calle Defensa, em San Telmo. Era a última noite que passaríamos juntos. Não só porque na noite seguinte a Mel iria embora, mas também porque a Lis passaria a sexta com o pessoal da pensão, o dia num passeio de barco pelo Tigre e a noite numa festa folclórica num bairro periférico que ela e seus amigos da Antropologia não perderiam por nada nesse mundo.

O Desnivel é um restaurante concorrido, e a caminho de San Telmo pensei que àquela hora talvez já estivesse lotado. Mas quando chegamos a Lis furou a fila de espera e foi direto falar com o dono do restaurante. Ela tinha reservado uma mesa por telefone, explicou depois, enquanto acomodava o casaco no encosto da cadeira. Era uma mesa ao lado da janela. Dali dava pra ver os paralelepípedos da Defensa brilhando na luz amarela e as sacadas dos casarões do outro lado da rua. Turistas deslumbrados, porém discretos, passavam pelas calçadas trocando impressões; de vez em quando um carro cortava o silêncio do bairro antigo. As meninas estavam alegres, o garçom trouxe uma garrafa de vinho. Meia hora depois chegaram os *bifes de chorizo* com batatas fritas e outra garrafa de Norton. Comemos sem pressa e rimos bastante. O vinho ajudava a engolir os pedaços de carne sangrando.

De sobremesa, três cafés e um *flan con dulce de leche* pras meninas dividirem. A conta, elas faziam questão de pagar. Disseram que era o meu presente de despedida. Mas segundo elas o presente não estava completo. Faltava o tango. Porque era "um absurdo" eu ter passado cinco meses em Buenos Aires, e elas um mês inteiro, sem ver um espetáculo típico de música e dança portenhas. Lembrei que tínhamos ido a uma *milonga* no La Viruta semanas antes, mas elas replicaram que lá o som não era ao vivo e os casais de dançarinos não eram profissionais. Saímos do Desnivel e fomos andando em direção às casas de tango. O ar estava gelado, estávamos um pouco bêbados — havia uma noite próxima e outra distante. Um dia também seríamos incorporados a uma paisagem inacessível, mas no momento não havia nada mais sólido no mundo que os nossos passos sobre os paralelepípedos e os nossos corpos no meio do ar. A gente parou e se abraçou; depois voltamos a caminhar.

Na região do bar Sur entramos numa casa de esquina em que o show já tinha começado. Não lembro o nome do lugar, mas acho que era o título de um tango. La Cumparsita? La Última Curda? Se eu tivesse um bar em San Telmo, se chamaria Los Mareados — pensei enquanto atravessava o hall de entrada. Havia dez ou doze mesas encostadas nas paredes que davam pra rua; sentamos na única desocupada. Entre as mesas e o palco o espaço ficava livre pra que as pessoas pudessem dançar. Um casal simpático de dançarinos ia até as mesas e convidava os turistas a arriscarem alguns passos. De vez em quando eles faziam um número inteiro juntos, então voltavam a arrancar das cadeiras os clientes mais tímidos. Pedi ao garçom uma garrafa de vinho. E comecei a temer pelo pior.

A Lis perguntou na mesa ao lado se já tinham tocado "Por una cabeza", seu tango predileto. No instante seguinte o dançarino a levou pro meio do salão. Mais séria que de costume, parecia determinada a não ser conduzida como uma turista qualquer. O cara entendeu que deveria ser o menos profissional possível, e em pouco tempo eles estavam dançando com entusiasmo verdadeiro, ainda que às vezes a Lis se atrapalhasse. Não fui o único que admirei sua performance; mais tarde algumas senhoras a cumprimentaram por seu desempenho. Quando ela voltou pra mesa foi a vez da Mel ir pra pista.

A Lis sentou do meu lado. Estava suada e ofegante. Tomou um gole de vinho, sorriu, perguntou se eu tinha gostado.

— Muito.

— Do que você gostou?

— De tudo.

— Cê achou que eu ia me sair bem?

— Fiquei torcendo por isso.

— Quero te fazer uma pergunta.

— Faz.

— Enquanto eu dançava, fiquei pensando... Cê acha que eu sou uma mulher ou uma menina?

— Acho que você é as duas coisas.

— Mas agora... o que que eu pareço mais: uma mulher ou uma menina?

Não soube o que dizer. Ela tinha dezenove anos, mas também vinte e um, trinta e dois e ao mesmo tempo vinte e sete. Tinha quarenta e nove, cinquenta, e oitenta e dois até, e seria sempre a filha única de um casal afetuoso — senti uma ternura estúpida e sincera pelos seus pais. Então esperei a ternura passar, peguei sua mão e disse:

— Lis, no sábado, assim que você acordar, pega tudo o que cê tem na pensão e vem pra minha casa. A gente passa o dia junto e depois eu te levo pra rodoviária.

Ela fez que ia responder e parou, como se tivesse se lembrado de algo. Olhou pro meio do salão: a Mel — às vezes eu esquecia que ela tinha pernas poderosas — se divertia com um dançarino amador da idade delas. Aí olhou de novo pra mim e depois pra um canto qualquer do teto, soltou minha mão, depois de apertá-la, e disse com voz segura mas sem ênfase:

— Tá bom: no sábado eu estarei lá.

12

Na sexta-feira quase não vi as meninas. A Lis, conforme tinha avisado, faria um passeio pelo Tigre com os amigos da faculdade, e a Mel tinha planos de visitar alguns museus. Combinei com a Mel da gente se encontrar no fim da tarde pra se despedir. Então tomei banho, saí de casa e atravessei a Nueve de Julio pela Juncal. Na esquina da Suipacha comprei cigarros num *kiosko*, um isqueiro também, o troco guardei no bolso da calça. Estava frio, ventava, mas eu tinha o meu casaco de lã verde com botões marrons e um par de botas velhas, com cadarços novos. Eu prestava atenção em tudo o que se passava ao meu redor, e caminhava depressa, e estava sempre com fome — não comia nada desde o jantar no Desnivel. Entrei no café Abril, pedi chocolate quente e *medialunas*. Peguei o jornal e dei uma olhada nas manchetes; li uma matéria sobre o cinema uruguaio e outra sobre o bar Británico, talvez ele fosse fechado dentro de dois ou três meses. Eu tinha lido *Sobre héroes y tumbas* recentemente e sabia que Ernesto Sabato tinha escrito parte do livro lá. Era uma pena que quisessem fechar o bar. Imaginei o velho Sabato andando solitário entre as árvores altas da sua propriedade, alheio à mesquinharia do mundo, concentrado na sua melancolia final. Dobrei o jornal e olhei pra fora. As luminárias do café, refletidas na parede de vidro, davam a ilusão de que se estendiam ao longo de toda a rua. Uma delas estava bem em cima da barriga de uma mulher vestida de preto que parou pra procurar alguma coisa na bolsa prateada. Mordi a última *medialuna*, a mulher voltou a caminhar — e a luminária foi parar na vitrine de uma loja de calçados. Levantei, paguei a conta direto no caixa e pela Arenales cheguei novamente à Nueve de Julio.

Eu quase nunca andava por essa avenida larga demais, optando em geral por uma das suas paralelas estreitas quando queria chegar ao centro da cidade. Mas nesse dia, não sei por quê, caminhei pela Nueve de Julio até chegar ao Obelisco, e fiquei um tempo parado na pracinha que o rodeia, achando absurdo mas também fascinante o movimento perpendicular e alternado dos carros e dos pedestres regulado pelas luzes do semáforo. O céu estava cinza como o cinza da capa de um livro: fazia semanas que eu não lia um poema. Decidi encontrar nas estantes da Corrientes alguma antologia de um autor que eu não conhecesse.

Uma hora mais tarde eu tinha um voluminho vagabundo e barato do Blas de Otero no bolso de trás da calça. Um amigo tinha me dito que ele era bom, pela nota biográfica no final do livro soube que tinha nascido em Bilbao, Espanha, em 1916. Essas informações eram suficientes. Não me interessava saber sua posição política ou se tinha participado desse ou daquele movimento estético. Nem muito menos se tinha sido "querido pelos amigos" ou um sujeito esquisito e solitário. Essas coisas não tinham muita importância pra mim. Da sua vida, eu esperava que ele tivesse feito algo razoavelmente honesto, mas não me sentia no direito, e muito menos em condições, de lhe exigir nada. Eu só precisava de um desses poemas fortes, diretos, sem afetação. Que me ajudasse a não esquecer que eu estava vivo mas um dia estaria morto, e que me impedisse de me acostumar com o que quer que fosse — no dia seguinte a Lis iria à minha casa, eu mal podia acreditar. Virei à esquerda na Libertad ansioso pra ler o livro do Blas de Otero, andei até a Lavalle, dei uma volta pela praça, voltei pra esquina da Libertad com a Lavalle e me acomodei numa mesa de canto do Petit Colón, um café de 1978, o ano do meu nascimento.

Eu gostava de lá. Encostado na parede de vidro que dava pra Diagonal, costumava beber chope de caneca e comer amendoim. Às vezes levava um caderno comigo, e enquanto tentava escrever alguma coisa me distraía com as pombas bicando os sacos de lixo da praça. Enchia muitas páginas com frases compridas e tentava tirar dali um poema enxuto. Se depois de uma hora de trabalho não conseguia nada, amassava as folhas sujas e na página nova espalhava palavras que tivessem uma relação direta com o que estivesse à minha frente: *pomba*, *lixo*, *praça*, *saco de lixo*, *prédio*, *espelho*, *vidro*, *garçom*, *mesa*, *madeira*, *céu*, *ar*, *árvore*, *verde*, *cinza*, *concreto*, *terno*, *camisa*, *cachorro*, *azul*, *vermelho*, *cachecol*, *saia*, *gravata*, *sapatos*. Talvez elas me indicassem o caminho a seguir. Aí arrancava a folha do caderno, colocava de lado e passava a limpo as palavras-chave: *pomba*, *lixo*, *vermelho*, *vidro*, *sapatos*. *Garçom* eu sabia que estava fora. *Mesa* também. *Saia* me deixava em dúvida. Havia sempre o risco de perder alguma palavra importante. O melhor era não ser orgulhoso e permitir que a palavra extraviada voltasse quando quisesse — não raro ela era a chave do poema novo. Pedia mais um chope, devorava os amendoins, de repente me dava conta de que estava um pouco alto. Não estava bêbado, mas já não estava sóbrio, e havia anos eu só escrevia quando estava sóbrio. Mesmo assim insistia: rabiscava alguns versos, fazia variações sobre eles... Mas eu já não estava lá. Fechava o caderno, pedia pro garçom levar as folhas amassadas e bebia até esquecer que alguma vez eu tinha desejado escrever um poema sobre pombas. Eu não gostava de pombas, e achava *pomba* uma palavra ridícula. Se eu tivesse nascido argentino diria *palomas* e não *pombas*, e talvez as coisas fossem menos complicadas.

Naquele dia, em vez de chope, tomei vinho. O café estava vazio quando entrei, mas antes que eu terminasse o primeiro copo os clientes começaram a encher o Petit Colón: advogados, empregados do comércio, velhas viúvas vestidas em tons pastéis. Acendi um cigarro e olhei pra fora — onde estavam as pombas da Lavalle? Os sacos de lixo, intocados, pareciam entediados sem elas. Abri o livro de poemas e li o primeiro verso: "*Aquí tenéis, en canto y alma, al hombre*"... Pulei algumas páginas e topei com uma homenagem a Walt Whitman. Ver o nome do grande poeta me fez bem. Quem gosta de Walt Whitman dificilmente pode ser blasé, talvez eu tivesse comprado o livro certo. Fui pro final do livro, voltei um pouco ("*Quién fuera pato/ para nadar, nadar por todo el mundo,/ pato para viajar sin pasaporte*"), eu estava começando a gostar do Blas de Otero. Mas foi na página 126 que encontrei o que estava buscando. O título era "Aire libre". Fiquei interessado. Alguém que escreve um título assim deve saber exatamente o que está fazendo, ou pelo menos o que está querendo fazer. Apaguei o que restava do cigarro no cinzeiro de metal e li o poema:

Si algo me gusta, es vivir.
Ver mi cuerpo en la calle,
hablar contigo como un camarada,
mirar escaparates
y, sobre todo, sonreír de lejos
a los árboles...

También me gustan los camiones grises
y muchísimo más los elefantes.
Besar tus pechos,
echarme en tu regazo y despeinarte,
tragar agua de mar como cerveza
amarga, espumeante.

Todo lo que sea salir
de casa, estornudar de tarde en tarde,
escupir contra el cielo de los tundras
y las medallas de los similares,
salir
de esta espaciosa y triste cárcel,
aligerar los ríos y los soles,
salir, salir al aire libre, al aire.

Depois de ler um poema como esse, ou você tem uma crise de bronquite ou passa a respirar melhor. Cada um dos versos vai direto pros pulmões e provoca um tipo de sensação quase insuportável; deve ter gente que abandona o livro no bar e sai correndo até alcançar a rua, e críticos que fazem um esforço enorme pra não colar sobre o poema uma etiqueta com "exagerado" ou "fácil" ou "Lorca é melhor". De minha parte apertei o livro aberto contra a mesa até a lombada estralar e a cola seca se partir — agora ele estava "quebrado" na página 126. Sempre que eu o abrisse com pressa ou de modo distraído o "Aire libre" estaria diante do meu nariz. Abri o livro muitas vezes enquanto acompanhava o rodízio de clientes pelas mesas do café; definitivamente o "Aire libre" era um grande poema pra se ter à mão, e no fim da tarde eu o sabia de cor.

Falei em fim da tarde, e lembro que acabei o dia com um sentimento ambíguo. De um lado havia o poema do

Blas de Otero, o sábado com a Lis; do outro a Mel, que em alguns instantes iria pro aeroporto e de quem eu precisava me despedir mas não tinha ideia do que falar. Eu tinha dado algumas mancadas nos últimos dois ou três anos, e a pequena confusão sentimental que talvez tivesse provocado nela não era das piores. Não passava pela minha cabeça voltar atrás e "refazer a história", sabia que se tivesse outra chance faria tudo de novo e sem nenhuma garantia de que pudesse fazer melhor. O mais sensato era acreditar que eu não tinha estragado suas férias e que ela teria boas lembranças de Buenos Aires. Mesmo assim eu sentia culpa e estava envergonhado, e esperava que a Mel, dali a algum tempo, conseguisse me entender e não pensasse mal de mim.

Foi pensando nessa Mel futura e generosa que eu corri pra casa depois de duas garrafas de López no Petit Colón. No caminho comprei um presente pra ela, e enquanto tomávamos um derradeiro café no Liber eu lhe pedi desculpas por qualquer mal-entendido. Ela era uma menina inteligente e direta, e respondeu que era uma pena eu ser um cara tão atrapalhado, pois ela queria ter sido uma boa amiga e achava que eu não tinha deixado isso acontecer. Disse também que não tinha mágoa nenhuma de mim, só um pouco de raiva mas ia passar, e acrescentou que eu pensava demais sobre coisas que, no fundo, não tinham tanta importância. Agradeci sua sinceridade, paguei a conta, chamei um táxi, e a Mel foi embora.

Sozinho no apartamento — a porta do quarto estava aberta; o guarda-roupa, escancarado e vazio —, tomei um copo d'água, apaguei a luz e deitei no sofá. Tirei do bolso o livro do Blas de Otero e o coloquei debaixo da almofada. Pensei que no dia seguinte seria feliz — mas se não fosse também estava bom.

13

Era sábado em Buenos Aires e em boa parte do planeta, mas dentro de mim era domingo. Às nove da manhã, quando me levantei, liguei pra Lis mas ela não estava. Irritado, desci pra tomar café no Liber. Depois eu ligava de novo pra ela. Do lado de lá da Libertador os plátanos agitavam seus galhos no ar onde o sol nascia. Do lado de cá os prédios pareciam indestrutíveis, como se por capricho tivessem decidido ser eternos. Entrei no café e sentei numa mesa perto da janela — as velhas sorriam e fumavam no último dia da vida. Não havia pânico nos rostos enrugados, e imaginei que uma pele assim marcada por tantos sinais era uma boa recompensa ao fim de tudo. Seus olhos tinham mais de setenta anos e tinham quase um século aquelas vozes. Bebi suco de laranja e comi um sanduíche de presunto. Fumei olhando a meia dúzia de cachorros que um *paseador de perros* conduzia pela calçada, e pensei na Lis com angústia. Talvez ela já tivesse voltado pra pensão. Ela não poderia ter esquecido o combinado. Em todo caso, se fosse preciso eu a convenceria de novo: um dia só pra nós dois era mais importante que tudo. Terminei o suco e voltei pra casa.

No telefone, ela disse que estava com medo, mas eu lhe pedi que viesse à minha casa mesmo com medo, e a gente não deixaria o medo ser uma coisa só dela. Falaríamos do seu medo até que ele fosse uma coisa real, depois o esqueceríamos e viveríamos outras coisas juntos. Nada ficaria oculto em nenhum de nós, e a solidão seria mais uma coisa nossa, como um joelho ou um cachecol. Ela ainda tentou encontrar motivos pra ir direto pra rodoviária ou me convencer a almoçar com ela perto da pensão, mas quando lhe provei que entendia tudo o que ela dizia e lhe confessei que sentia tudo como se estivesse no seu lugar e que eu também estava tentando fugir de mim mas era inútil, ela riu e concordou em pegar um táxi. Fui até a frente do prédio e esperei pelo táxi premiado que traria a Lis à minha casa.

Ela saiu do carro com um sorriso tímido, tinha nas mãos uma bolsa vermelha. Tirei sua mochila do porta-malas e dei a chave pra ela abrir a porta do prédio. Dentro do elevador ficamos em silêncio. Na sala eu disse umas poucas frases curtas, ela acendeu o abajur. Eu estava nervoso, mas não mais do que devia, e tudo me parecia natural. Naturalmente, a Lis estava linda, e também um pouco engraçada — seu nariz era maior do que eu supunha. Mas logo me acostumei com o novo nariz da minha amiga e com todas as outras partes do seu corpo. Sua roupa era igualmente composta de detalhes adoráveis e inúteis. A gente se abraçou, ela sorriu e chorou; depois me olhou de um jeito curioso, talvez estivesse descobrindo que as minhas orelhas eram diferentes uma da outra, a esquerda mais pontiaguda e menor. Joguei meu casaco sobre a mesa e desabotoei minha calça, ela se livrou da sua blusa de lã preta e foi ao banheiro cobrindo os seios. Quando voltou, deitamos no sofá. Tirei seus tênis e a calça de veludo e massageei seus pés até aquecê-los. Nossos beijos eram quentes e inexatos, a gente se buscava sem pressa — o encontro não era uma hipótese mas uma certeza. Sua carne era macia, seus ossos estavam bem perto da minha mão. A Lis passou a ponta dos dedos na minha testa e nos meus ombros e arranhou um pouco as minhas coxas. Abaixei a cabeça até o vão das suas pernas deixando uma das mãos sobre a sua barriga, pra que ela nunca se sentisse só. — Agora era a partir do seu corpo que o mundo, um amontoado de ecos do lado de fora do apartamento, se reorganizaria mesmo que não gozássemos nunca ou se gozássemos juntos e bem.

Depois ela me pediu um copo d'água e um cigarro, e eu puxei o cobertor sobre os nossos corpos. O silêncio da sala era o mesmo dos meus pensamentos, as paredes estavam longe de ser uma prisão. A Lis voltaria pra São Paulo dentro de algumas horas. Não pensei em pedir pra ela ficar. Ela iria embora e eu ficaria na cidade até que o dinheiro acabasse. Enquanto ela estivesse no ônibus o ar de Buenos Aires não esfriaria, e eu passaria trinta e seis horas perambulando pelos bairros fantasmas. Só quando ela chegasse em casa e tomasse um banho e fosse rever os pais e depois as amigas é que eu estaria sozinho de novo, e livre mais uma vez. Mas agora estávamos juntos em Buenos Aires. A cidade era uma verdade pra nós dois. Pusemos nossas roupas e saímos pra ver o dia.

Fomos andando pela Libertador. A Lis dizia coisas incríveis sobre sexo; sua boca estava muito vermelha. Às vezes a gente parava pra se beijar, às vezes pra olhar os cartões-postais dos *kioskos*. Não conseguíamos decidir em qual das ruas perpendiculares à avenida devíamos entrar, se é que devíamos entrar. Talvez fosse melhor continuar em linha reta. Quase na praça da Recoleta, viramos à esquerda na E. Schiaffino. "Que rua linda!", a Lis falou. "Acho que é a rua mais bonita que já vi..." Era uma rua pequena e arborizada. Havia apenas um carro estacionado diante do hotel Plaza Francia e nenhum hóspede na calçada. Paramos de falar e ouvimos o barulho de um papelão que o vento arrastou no asfalto. As copas das árvores filtravam o sol, as nuvens estavam na distância certa. A mão da Lis era um segredo poderoso que eu levava dentro da minha. Nesse momento, sentado numa cadeira de rodas, um paraplégico surgiu na esquina. Um outro homem empurrava a cadeira. Passamos por eles. A Lis me olhou como quem tivesse acabado de se lembrar que o amor é uma exceção e que a vida pode ser apenas uma coisa triste. Não tentamos nos consolar e isso não diminuiu nossa alegria. Nossos corações tinham sido roubados do poço de duas aldeias medievais; agora estavam lado a lado e bombeavam sangue como máquinas muito modernas, nunca antes imaginadas pelos cientistas japoneses. Seguimos até a praça, demos uma espiada no pessoal esparramado na grama e voltamos pelo mesmo caminho. A Lis não queria perder o ônibus. Era melhor ficarmos perto de casa.

Na Libertador encontramos o Diego, meu amigo. Nesse dia eu o achei parecido com um amigo do meu pai. Ele nos convidou pra almoçar. Eu disse que preferíamos ficar a sós. Ele riu e foi embora. A Lis queria beber alguma coisa. Fomos até o Liber e sentamos numa das mesas da calçada. Além de nós, não havia ninguém sentado do lado de fora. Meu cabelo ainda estava suado. A Lis queria comer batata frita. Pedi dois chopes de 600 ml e uma porção de batatas. Lembro de frases soltas da nossa conversa:

— Parece outra bebida, de tão gostoso.

— Você é muito diferente do que eu imaginava.

— É o melhor dia da minha viagem.

— Eu não vou nunca desprezar você.

— Agora tudo faz mais sentido.

— Essa avenida é como o fim de alguma coisa.

— Hoje parece um dia universal.

Depois subimos de novo pro apartamento.

Quando gozei, a Lis falou: essa merecia um filhinho.

Então voltamos à nossa mesa no café e tomamos mais um chope cada um. De tempos em tempos a gente lambia os lábios um do outro; lambi uma vez um dos seus olhos, e a Lis limpou com a mão a saliva da pálpebra. Teve um momento que ela confessou:

— Queria muito inventar uma língua! — e depois, falsamente encabulada, quis saber se eu achava aquilo absurdo. Não achava. Mas estava tarde pra inventar qualquer coisa, e a Lis decidiu tomar um banho antes de ir pra rodoviária. Ela pagou a conta, alegando que não iria precisar mais de dinheiro, já que em breve estaria na casa dos pais, e me deu o troco e mais umas notas que encontrou na carteira pra que eu gastasse na "nossa cidade".

De banho tomado, com roupa limpa e confortável, a Lis sorriu com a alegria traiçoeira de quem acaba de se livrar do amor. Mas me abraçou antes que eu me sentisse mal. Eu a ajudei a secar o cabelo, esfregando a toalha na sua cabeça quente, ao mesmo tempo em que ela acomodava o diário azul dentro da mochila e cantava o refrão de um samba triste. Fechei a porta do apartamento sem apagar a luz.

Descemos pra Libertador; eu carregava sua mochila, ela arrumava meu cabelo ensebado. Da janela do táxi eu olhava com indiferença cada pedaço da paisagem que ela não veria mais. Depois de encontrar a plataforma de embarque e constatar que o ônibus ainda não tinha chegado, procuramos uma mesa no bar da rodoviária e sentamos um de frente pro outro. Não havia garçom. Me levantei e comprei uma cerveja. Os copos eram descartáveis. A Lis cantava o samba como se fosse eterna, e tamborilava sobre a mesa.

Sentei novamente e enchi o seu copo. Ela parou de cantar e, apontando duas senhoras na mesa ao lado, disparou:

— São a caaara da minha vó!

— As duas?

— É... as duas.

Uma lembrava a vó pelo jeito; a outra, pelo vestido. Peguei sua mão e fiquei examinando a forma e o brilho das suas unhas. Ela riu da minha curiosidade e me falou sobre o ex-namorado. Depois falou do mar, falou do tempo, falou do pai. Deixei ela falar... e quando ela viu que era impossível me contar em detalhes a sua vida toda até ali, eu a abracei com força pra que ela voltasse a ser uma só.

Então o ônibus chegou, e eu levei a Lis até a plataforma. O motorista atirou sua mochila pra dentro do bagageiro. Guardei seu e-mail no bolso da calça. Nos despedimos sem o "logo a gente se vê". O ônibus saiu de ré, virou pra esquerda e arrancou. Da poltrona da janela, a Lis fez um último aceno e me mandou um beijo, enquanto pegava o discman de dentro da bolsa e ajeitava o fone de ouvido na cabeça. Tentei adivinhar o samba que ela teria botado pra tocar.

Voltei pra casa a pé. Não tinha vontade de entrar num táxi, muito menos num ônibus. De repente me dei conta de que tinha anoitecido. As estrelas pareciam mais duras — secas, cristalizadas. A calçada tinha sido tomada pela luz vermelha do semáforo. A cada vinte metros havia uma árvore plantada na terra que o cimento escondia; seus galhos se lançavam no invisível e eram todos diferentes entre si. No asfalto passavam os carros, e eu não sabia nada daqueles motoristas, nem das crianças no banco de trás. Também não conhecia os pedestres que vinham na minha direção e passavam por mim. E eles não tinham como imaginar que horas antes a Lis e eu tínhamos chegado tão perto um do outro, e que eu agora carregava o seu cheiro — nas mãos e no pescoço, nas coxas e nas virilhas.

14

No dia seguinte almocei num restaurante do centro e passei a tarde zanzando pelos cafés da Corrientes. Três dias depois fui jantar em Palermo com o Pablo e a Daniela. Eles tinham um plano pro próximo ano: comprar um terreno em Rosario, construir uma casa e se mudar pra lá. Gostavam de Buenos Aires, mas estavam cansados e queriam relaxar; Rosario era uma cidade boa pra isso. Comemos *bife de tira* com purê. De sobremesa eles pediram o de sempre: panquecas com doce de leite. Eu não quis as panquecas e tomei um café. Já na calçada eles me ofereceram uma carona. Agradeci a gentileza mas não aceitei, e fui andando sem rumo pela Honduras. Quando dei por mim, lá estava eu na Plaza Cortázar mais uma vez. Rodeei a praça pela calçada do Taller, espiei os bares, tomei a calçada do Crónico, parei, continuei pela Borges, sentido Plaza Italia. Cruzei El Salvador, Costa Rica e Nicaragua, comprei cigarros no cruzamento da Soler e na esquina da Guatemala entrei no Mundo Bizarro.

Encostado no balcão, pedi um chope pro Gerardo. Perguntei pela Juliana. Chegaria à uma da manhã. Ainda eram onze. Talvez ir embora fosse o melhor a fazer. Mas pensei no apartamento vazio e fiquei. Pedi mais um chope e uma dose de uísque sem gelo. Dei um gole no uísque e acendi um cigarro. Logo eu teria que parar de fumar; por enquanto era bom sentir a fumaça descer até os pulmões, voltar e sair pela boca, apagando em parte o gosto do uísque e deixando no seu lugar o gosto forte do tabaco. Eu precisava conversar. Puxei assunto com o cara sentado no banco ao lado. Era argentino de Santa Fe, tinha quarenta anos e ao que tudo indicava ficou interessado na história que lhe contei, só não entendia por que eu não tinha voltado pro Brasil "*con la chica*", o que me deixou irritado. Se ele não sabia a resposta, não seria eu que iria lhe dar explicações, e ele podia ir pro inferno também. Pra minha sorte a Juliana chegou. Enquanto ela foi até a cozinha deixar a bolsa, aproveitei pra ir ao banheiro e na volta parei na outra ponta do balcão, me livrando do argentino.

Lá pelas três da manhã, quando o movimento do bar diminuiu, me aproximei da Juliana. Eu a convidava pra sair comigo desde meu segundo mês em Buenos Aires, mas ela nunca aceitava meus convites. A cada uma dessas recusas eu desaparecia do Mundo Bizarro por uns tempos, e houve de fato um mês inteiro em que não pus os pés no lugar. Porém mais cedo ou mais tarde eu acabava voltando, e a Juliana não me recebia mal. Pelo contrário, até conversava bastante comigo, e suas respostas, ainda que lacônicas, pareciam honestas. Foi assim que descobri que ela era atriz e colombiana e que dividia com uma amiga um apartamento perto do Congresso. Trabalhava no Mundo Bizarro há um ano e meio e estava no penúltimo semestre do curso de História. Uma vez ela me deu o número do seu telefone, mas quando lhe telefonei alguns dias mais tarde ela avisou que não teria nenhum tempo livre nos próximos quinze dias, mas que depois, quem sabe, poderíamos tomar uma cerveja. Não liguei mais pra ela e decidi que não voltaria mais ao Mundo Bizarro, e a outra vez que apareci por lá foi simplesmente porque estava caindo de bêbado. Devo ter ficado mais de duas horas tentando engolir um chope morno e sem espuma, até que as luzes do bar se acenderam e o Gerardo me levou até o táxi. Depois descobri que naquela noite a Juliana não foi trabalhar porque estava doente.

Mas dessa vez eu lhe disse apenas que estava voltando pro Brasil dentro de quinze ou vinte dias e queria me despedir dela. Eu só pedia que fosse fora dali. Também não fazia questão que fosse de noite. Eu sabia que ela tinha namorado e que reservava pra ele sua única noite de folga semanal, mas então que ela me concedesse um pedaço de tarde, um pedaço de uma tarde de terça, num café qualquer do centro, perto da sua casa — ela nem teria o trabalho de pegar ônibus ou metrô. Ela concordou, e fiquei de ligar na outra semana, pois até lá teriam acabado as provas da faculdade e ela estaria com a cabeça mais leve. Por telefone a gente decidiria onde se encontrar.

No sábado jantei com um primo que estava na cidade a negócios. Ele era dez anos mais velho que eu, trabalhava na indústria automobilística e tinha muita grana. Não quis ficar em casa, que chamou de "buraco de escritor decadente", e se hospedou num desses hotéis espelhados de Puerto Madero. Fomos ao Tuñón, um restaurante na Calle Maipú, entre Paraguay e Córdoba. A comida de lá era excelente mas cara, ou seja, o lugar ideal pra que meu primo tivesse o prazer de pagar a conta e comprovar "a vitória do capitalismo sobre a arte", como ele disse uma vez no fim de um almoço em São Paulo. Eu estava cagando pro que ele pensava sobre qualquer coisa. Sem fome, comi apenas umas folhas de alface, sem sal e sem azeite, e fumei uns cigarros enquanto matava a garrafa de vinho francês que ele fez questão que eu experimentasse. Não demorou pra ele perguntar, com verdadeira e sádica curiosidade científica, quantos cigarros eu fumava por dia e há quantos anos e se eu me considerava alcoólatra ou não. Empurrei meu prato pro lado, cruzei as mãos na mesa e olhei ao meu redor. Aquelas paredes verde-claras tinham uma luz perturbadora. Numa delas tinha uma foto do Neruda. Se esse jantar não acabar depressa, pensei, vou chorar feito um idiota e serei obrigado a ouvir palavras de consolo desse imbecil. Pra me distrair comecei a inventar uma história escrota; eu sabia que ele adorava imaginar que eu era um ser bizarro. Mas antes que a história engrenasse, um velho alto, barrigudo e de cabelo branco desgrenhado se aproximou da nossa mesa, cambaleou, ameaçando cair sobre os pratos e os talheres, deu um passo pra trás, reencontrou o equilíbrio, puxou uma cadeira e sentou ao lado do meu primo. Estava bêbado de enrolar a língua. Tentou sorrir, tinha os dentes escuros. Sua camisa azul-marinho de flanela estava descosturada num dos ombros e no seu bolso dava pra notar o relevo do maço de cigarro. Com uma voz rouca e cavernosa, vinda de outra era, perguntou se podia beber com a gente. Enchi uma taça pra ele. Depois de um gole demorado, o velho falou com convicção:

— Ou a poesia é um helicóptero ou não é nada!

Meu primo fez que concordava: *por supuesto*. O velho ficou em silêncio, fechou os olhos, dormiu. Pensei que nunca mais fosse acordar. De repente despertou e fez algumas perguntas sobre o Brasil, mas não estava interessado nas respostas. Seus olhos se fecharam de novo. Meu primo deu início a um monólogo insuportável sobre carros e mulheres. O velho, ainda de olhos fechados, levantou a mão, fez sinal pra que ele se calasse e repetiu a sua máxima, agora com uma pequena variação e alguma angústia:

— Ou a poesia é um hipopótamo dentro de um helicóptero ou não é bosta nenhuma!

Meu primo apoiou a cabeça entre as mãos, fingindo desespero, e riu. O velho abriu os olhos, limpou com a mão a baba da boca, deu um gole no vinho, respirou fundo e disse firme, mas carinhosamente:

— Ou a poesia é um helicóptero que me tira daqui e me leva direto pra cama ou ela não vale nada!

Como quem acaba de ter uma revelação, meu primo traduziu o recado do poeta:

— O cara só tá querendo ir pra casa descansar...

Descobri onde o velho morava enquanto meu primo foi até a rua parar um táxi. No banco de trás do carro, o velho imediatamente fechou os olhos, abriu a boca e dormiu. Passei seu endereço pro taxista e meu primo lhe deu algum dinheiro. Voltamos pra dentro do Tuñón. O Martín, gerente do restaurante, veio até a nossa mesa com um copo de uísque e, entre outras coisas, contou a história do velho. Ele tinha sido um *cantautor* muito popular nos anos 60 e 70; depois seus discos pararam de vender, e ele foi considerado um talento esgotado. Fazia quinze anos ou mais que não gravava e tinha se tornado só mais um bêbado inconveniente, que arrumava confusões de todo tipo.

Depois do jantar no Tuñón não vi mais o meu primo.

Na terça-feira liguei pra Juliana.

Ela sugeriu que nos encontrássemos às três da tarde na esquina da Sarmiento com a Rodríguez Peña. Tinha aula de dança às quatro e a escola era perto dali. Teríamos uma hora pra conversar o que eu quisesse. Pra mim estava ótimo. Tomei um banho e fui pra rua; ainda era bem cedo, mas eu não queria ficar em casa. No Notorius comprei o *Matita Perê* pra Juliana. Eu não sabia se ela gostava ou não de música brasileira, em todo caso andar com um CD do Tom Jobim no bolso me dava a sensação de estar fazendo a coisa certa. Aquele devia ser o dia mais frio do inverno de 2005, o vento gelado batia em cheio contra o meu rosto e eu sentia cãibras nos pés. Forcei o passo, como se ultrapassasse pensamentos velhos. Andei assim por mais de uma hora. De repente tinha me afastado do centro e não sabia onde estava. Um táxi me deixou na esquina da Callao com a Sarmiento e fui a pé até a Rodríguez Peña. Eram duas e vinte. Acendi um cigarro e esperei; fumei cinco cigarros enquanto esperava.

Ela chegou pela Rodríguez Peña, estava usando um casaco roxo brilhante. Sua pele era branca, seus olhos de índia eram cinza. Ela se aproximou, perguntou se eu tinha esperado muito. Desconversei e pedi que ela escolhesse o bar. Fomos ao Club del Teatro, na própria Rodríguez Peña, entre a Sarmiento e a Perón. Havia uma placa sobre a porta, no alto da fachada: CLUB DEL TEATRO — FORMACIÓN INTEGRAL DEL ACTOR. Escolhemos uma das mesas da direita, a uns dois metros do balcão. A Juliana sentou no banco de estofado vermelho, de costas pra parede, eu fiquei com a cadeira de onde podia olhar a rua. O garçom trouxe uma garrafa de vinho. A Juliana avisou que beberia pouco porque depois teria que dançar.

Elogiei o bar, tinha uma cara de taverna antiga. Ela disse que gostava dali porque foi onde fez as primeiras aulas de teatro, na escolinha que fica no fundo do bar, e apontou com o dedo a porta dos fundos. Perguntei há quanto tempo ela queria ser atriz, com quantos anos tinha ido pra Buenos Aires, se ainda tinha família na Colômbia e também por que tinha escolhido estudar História. Ela riu e falou que, se eu estava mesmo interessado, ela faria um resumo da sua vida pra mim. Eu disse "por favor", e ouvi com atenção cada uma das suas palavras, como se delas dependesse não sei se a sua ou a minha existência. Ela contou que era a quinta filha de um pai polonês e uma mãe mestiça. A avó materna era índia — daí os seus olhos puxados, eu tinha reparado?

— e já tinha morrido. Seu pai também tinha morrido, dez anos atrás. Ele era vendedor de pneus na Argentina e se mudou pra Colômbia pra se casar com a mãe dela, que conheceu numa viagem de férias pelo norte da Argentina. A mãe ainda vivia em Bogotá e tinha sete netos. A Juliana visitava a família a cada dois anos, morava em Buenos Aires há seis e não sabia bem por quê. Mas adorava a cidade, sua arquitetura, as pessoas e a vida cultural, e não se via mais morando na Colômbia. Queria ser atriz e estava estudando pra isso. Já tinha participado de duas ou três peças, mas a verdade é que tinham sido montagens bem amadoras e se dar bem com teatro não era nada fácil. Mas essa era a sua paixão e ela não desistiria tão cedo. Em todo caso também era fascinada por História e logo acabaria o curso. Se a carreira de atriz desse errado, ela poderia ser professora. Se desse certo — aqui ela riu e ficou vermelha —, não seria uma atriz fútil e deslumbrada: sabia quanto sangue tinha corrido até agora e não tinha ilusões.

A essa altura já tínhamos enxugado dois terços da garrafa de vinho e eu ainda não tinha fumado um cigarro sequer. Peguei o maço de cima da mesa e ofereci pra Juliana. Ela aceitou. Fumamos e continuamos a conversar. Pedi que ela me contasse mais, podia ser qualquer coisa, onde ela tinha comprado aquele casaco roxo brilhante, por exemplo. A Juliana ficou contente de poder falar da sua "roupa preferida". Ela tinha passado dois meses namorando o casaco numa vitrine de Palermo antes de juntar a grana necessária pra comprá-lo. Quando conseguiu o dinheiro e voltou à loja, ele não estava mais lá. Perguntou pra vendedora se tinha sido vendido ou apenas retirado da vitrine. A vendedora foi conferir no estoque e voltou com o casaco na mão, perguntando se era aquele que a Juliana queria. Naquele dia ela voltou pra casa tão feliz que na hora de dormir colocou uma cadeira ao lado da cama e pendurou o casaco no encosto.

Aí ela perguntou onde eu nasci, se era perto do Rio de Janeiro, com o que trabalhava, se gostava do Caetano Veloso e por que que tinha ido morar em Buenos Aires. Contei que tinha nascido bem longe do Rio e no momento estava desempregado, mas assim que chegasse em São Paulo, ou eu arrumava um emprego ou as coisas ficariam complicadas, e que nos últimos dez anos minha vida tinha sido pautada pela música popular do meu país, e eu não era capaz de pensar no Brasil sem sua trilha sonora. Por fim disse a ela que tinha ido a Buenos Aires pra esquecer o que me incomodava, mas não lembrava mais o que era e no fundo custava a acreditar que tinha sido esse o motivo.

A Juliana quis pagar parte da conta, mas eu não deixei. Então eu tomaria alguns chopes de graça da próxima vez que fosse ao Mundo Bizarro, ela avisou enquanto anotava o meu e-mail na agenda. Anotei o dela num guardanapo, mas não consegui guardá-lo no bolso — continuei com o papel dobrado na mão direita semifechada.

Do lado de fora do Club del Teatro ela disse que tinha sido engraçado me conhecer e perguntou se era aquilo mesmo que eu tinha imaginado ao convidá-la pra sair. Respondi que tinha adorado a nossa conversa e que era exatamente aquilo que eu queria quando insisti pra gente se encontrar. Lhe desejei boa sorte na aula de dança e em todo o resto; ela falou que estava me esperando no Mundo Bizarro quando eu quisesse cobrar aqueles chopes e me desejou boa sorte também. Depois virou à esquerda na Sarmiento e foi embora, sem pressa. Fiquei olhando seu casaco roxo desaparecer na esquina da Callao e atravessei a rua — uma rajada de vento arrancou o guardanapo com seu e-mail da minha mão. Eu o vi se arrastar pelo asfalto, parar, avançar mais um pouco e parar outra vez. Segui em frente antes que ele voltasse a rolar pelo chão, eu estava cansado mas seguia em frente, e ainda que estivesse morto eu seguiria em frente até o fim —

SOBRE O AUTOR

Fabrício Corsaletti nasceu em Santo Anastácio, interior de São Paulo, em 1978 e desde 1997 vive na capital. Formou-se em Letras pela USP e em 2007 publicou, pela Companhia das Letras, o volume *Estudos para o seu corpo*, que reúne seus quatro livros de poesia: *Movediço* (Labortexto Editorial, 2001), *O sobrevivente* (Hedra, 2003) e os então inéditos *História das demolições* e *Estudos para o seu corpo*. Também é autor dos livros infantis *Zoo* (Hedra, 2005) e *Zoo zureta* (Companhia das Letras, no prelo) e das histórias de *King Kong e cervejas* (Companhia das Letras, 2008). Foi editor de poesia dos dois primeiros números da revista *Ácaro* e teve alguns de seus poemas publicados em revistas como *Inimigo Rumor*, *Azougue* e *Modo de Usar & Co.* Além disso, escreveu letras para as bandas Barra Mundo, Pau d'Água, Portnoy e Dollar Furado. Junto com seu pai, Paulinho Corsaletti, compôs o hino de sua cidade natal. No momento finaliza *Esquimó*, seu novo livro de poemas.

Este livro foi composto em Minion
pela Bracher & Malta, com
CTP da Forma Certa e impressão
da Bartira Gráfica e Editora em
papel Pólen Soft 80 g/m^2, da Cia.
Suzano de Papel e Celulose, para a
Editora 34, em agosto de 2009.